KB078408

배우,
미친 흡입력

배우, 미친 흡입력 5

이산책 장편소설

초판 1쇄 찍은 날 § 2018년 5월 4일
초판 1쇄 펴낸 날 § 2018년 5월 11일

지은이 § 이산책
펴낸이 § 서경석

총괄팀장 § 최하나
편집책임 § 이종식
편집 § 김경민

펴낸곳 § 도서출판 청어람
등록번호 § 제387-1999-000006호
등록일자 § 1999. 5. 31
어람번호 § 제1-2895호

주소 § 경기도 부천시 부일로 483번길 40 서경B/D 3F (우) 14640
전화 § 032-656-4452 팩스 § 032-656-4453
http://www.chungeoram.com
E-mail § chungeorambook@daum.net

ⓒ 이산책, 2018

ISBN 979-11-04-91723-3 04810
ISBN 979-11-04-91645-8 (세트)

5

이산책 장편소설

배우,
미친 흡입력

FUSION FANTASTIC STORY

청람

Contents

S# 1
이번 생은 인연이 아닌가

　사르미 아파트 브랜드 이미지는 강제 철거 사건으로 급격히
하락했다.

　기사의 파급력은 의외로 커서 실시간 검색어 장악은 물론
이고 포털 사이트 게시판에도 줄줄이 삼원 그룹에 대한 성토
의 장이 열렸다.

　─하여튼 대기업 쓰레기 새끼들. 요즘이 어떤 세상인데 이
지랄이람?
　─깡패들 불러서 사람 두들겨 패고도 합법이란다. 힘없는 사
람은 사람 취급도 못 받는 게 대한민국 법이라니까.

—주민들 쫓아내고 지은 아파트 어디 기분 나빠서 살겠어요? 남의 눈에 피눈물 쏟게 하고 잘되는지 한번 봅시다.

삼원 건설은 물론 삼원 그룹 전체가 급해졌다.

관계자들이 줄줄이 윗선에 불려 갔고, 심지어 삼원 건설 사장이자 회장의 차남인 강삼수마저 강부식 회장의 호출을 받았다.

회장실에 들어갔다 나온 강삼수는 아버지와 만남 후의 모습이라고는 상상도 할 수 없을 만큼 새파랗게 질려 있었다.

측근들이 보고 놀라 부축했을 정도니 그야말로 호되게 혼쭐이 난 것이다.

'망할 자식… 김태웅이라고 했지? 어디 두고 보자.'

얼떨결에 삼원 건설 사장에게 큰 원한을 사게 된 태웅이었다.

강부식 회장은 홧김에 둘째 아들을 혼내긴 했지만 사실 그의 잘못은 아니었다.

그는 지금껏 해온 대로 해왔을 뿐이다.

하필 그 자리에 김태웅이 있었고, 현장의 사진이 수없이 찍혔다는 것은 딱 봐도 영악한 기자 놈의 술수에 놀아났다는 뜻이다.

'한낱 기자 따위에게 뒤통수를 맞게 되다니……'

신속하게 손을 쓰긴 했지만 너무 빠르게 나간 보도로 인해 이미 여론은 걷잡을 수 없이 악화되었다.

게다가 삼원 건설 광고 모델 계약을 앞두고 있던 김태웅이 이 사단을 일으켰다는 사실에 그의 심기가 어지러워졌다.

'그 또라이 자식… 창구 두들겨 팰 때부터 알아봤다.'

손주 놈을 사람 한번 만들어 보려다가 엄한 놈한테 날개를 달아준 셈이 아닌가?

그는 자신이 수족처럼 부리는 비서실장을 불러 명령했다.

"이번 일은 아무 말 안 나오도록 깔끔하게 입단속 시켜. 호미로 막을 거 가래로 막지 말고 쓸 건 아끼지 말고 쓰란 말이야."

"네, 회장님."

"그리고 지나도 불러. 아무래도 따끔하게 얘기를 해야겠어."

"강지나 대표님 말씀이시죠? 알겠습니다."

물론 이번 일은 영특하고 예쁜 손녀의 잘못도 아니다.

단지 확실히 해둘 필요가 있었다.

그동안 지켜본 바로는 그녀가 그 시한폭탄 같은 녀석에게 호의를 가지고 있는 것처럼 보였기 때문이다.

나름 대기업 회장치고는 사고방식이 젊은 그였지만, 연예인 며느리나 손자며느리는 뒤도 미천한 집안 출신의 남자 연예인을 가문에 들일 생각은 추호도 없었다.

물론 지나치게 앞선 생각일 수도 있지만 말이다.

'뭐가 부족해서 계속 배우 나부랭이에게 홀리는 거야? 나이도 찬 녀석이…….'

강 회장의 오해와는 달리, 그녀가 이전에 좋아한 배우는 지금껏 할리우드 스타 라이더 베스뿐이었다.

태웅에게 끌리는 이유를 그녀 자신도 모르고 있었지만, 결국은 같은 사람을 좋아하는 셈이다.

                    *   *   *

"그나마 다행이다. 잘 해결돼서."

윤철은 안도의 한숨을 쉬었다.

언론의 시선 때문인지 아니면 누군가가 손을 썼는지 용역들과 한판 승부를 벌였던 실버문 삼총사는 처벌 받지 않는 쪽으로 결과가 났다.

삼원 측은 발 빠르게 사과문을 내고 철거 업체의 과도한 철거 집행으로 본의 아니게 주민들에게 피해를 끼쳤다며 다친 주민들의 치료비와 적당한 액수의 보상금을 거주 이전에 주기로 약속했다.

그리고 현장에 있다가 말려든 태웅에게도 미안함을 표시했고, 병원비와 사례금을 지불하겠다며 연락을 해왔다.

대충 덮으려고 하면 크게 터뜨리려고 했었는데, 허탈할 정도로 쉽게 일이 흘러가고 말았다.

'망했구먼.'

몰려드는 인터뷰 요청을 거절하면서 태웅은 씁쓸해졌다.

이렇게 되면 삼원 그룹 쪽은 사실상 거의 피해를 입지 않을 것이다.

철거 업체와 용역의 잘못으로 뒤집어씌우고 보상까지 약속 했기 때문에, 그들에게 신나게 입방아를 찧고 있던 사람들도 머지않아 까맣게 잊어버리고 말 것이다.

철거민들 역시 원하던 보상을 받는다면 군말 없이 떠나 버릴 것이고, 결국은 힘을 가진 대기업에게 밉보인 태웅과 황병준 기자만 남는 것이다.

황병준이야 특종이라도 챙겼지만 태웅은 거액의 CF가 날아가고 말았다.

게다가 삼원 그룹과도 적이 된 셈이니 딱히 좋은 일은 없을 것이다.

물론 인터넷에서의 신격화라는 원치 않는 보상은 있었다.

─전태일을 넘어서는 뉴 히어로다. 이젠 김태웅 열사라고 불러라. ㅋㅋㅋ

─대기업에 맞선 철거민들의 영웅인 김태웅 까면 사살.

─약자의 대변인 김태웅을 국회로!

'아주 놀고들 있네.'

뜻하지 않게 약자들의 대변인이 되어버렸다는 사실에 태웅은 기가 막혔다.

어디까지나 자신은 배우.

—일이 조금 곤란하게 돌아가고 있네요.

전화를 걸어온 황병준 기자는 자신도 불이익을 받고 있다고 했다.

—삼원 건설이 그동안 해온 짓들은 드러나지도 않고 묻히게 생겼어요.

"그렇게 보입니다만."

—미안합니다. 지금은 잠시 숨을 고르고, 삼원을 깨는 건 나중을 기약해야겠어요.

'삼원을 깨? 말이 쉽지……'

그는 세상 물정 모르는 어린아이가 아니었다.

강대한 적을 상대로 싸울 때는 이쪽도 그만한 전력을 갖춰야 하는 것이다.

'좋은 일을 해도 불이익이나 받는 더러운 세상!'

그는 씁쓸한 기분을 느끼며 한동안 촬영에 전념하기로 했다.

*　　　　*　　　　*

"아 참, 강지나 대표한테 연락 왔는데 어떻게 할래? 만날래?"

윤철의 말에 태웅은 생각에 잠겼다.

'지금 만나봐야 피차 민망한 상황일 텐데.'

그는 고개를 저으며 말했다.

"아니. 그냥 이렇게 되서 미안하게 됐다고, 나중에 기회가 되면 보자고 전해줘."

어쩔 수 없이 휘말린 일이었지만 지금 생각하니 차라리 잘 된 일이었다.

힘없는 상대로 폭력을 자행하는 쪽과 일을 할 수는 없는 것이다.

제아무리 광고 하나 찍을 뿐이라고 해도…….

물론 강지나는 이 일과 상관이 없을 것이다.

그동안 봐왔던 그녀의 성품이라면 까맣게 몰랐을 게 분명하다.

그렇다고 해도 한동안은 만나기 어렵다.

서로 속한 진영이 엄연히 다르기 때문이다.

그는 그녀를 처음 봤던 순간을 떠올렸다.

이번 생이 아니라 지난 생에서였다.

'이번 생은 인연이 아니려나…….'

쓸쓸한 감정이 태웅의 가슴을 뒤덮었다.

*　　　　*　　　　*

촬영장에 도착하자 여기저기 시달려 초췌해진 태웅의 얼굴을 본 최예린이 걱정스러운 듯 물었다.

"많이 힘들죠. 괜찮아요? 얼굴이 반쪽이 됐네."

"별로 안 힘들어요. 아무렇지도 않은걸."

"거짓말. 힘들면 그냥 내 품에 안겨요."

"괘, 괜찮습니다."

첫 번째 키스신 촬영 후 한결 더 노골적으로 친근함을 보이는 그녀였다.

"치. 쑥스러워 할 필요 없어요. 촬영 끝나고 우리 집 올래요? 또 요리 해줄게요."

촬영장에서는 오래 대화하지 않는다는 것이 불문율이었기에 태웅은 헛기침을 했다.

"메신저로 얘기하죠."

"어머, 내 정신 좀 봐. 미안해요."

그녀 역시 깜빡 잊었던 듯 황망한 얼굴로 자기 자리로 돌아갔다.

빠르게 수습을 하긴 했지만, 근처에 있던 몇몇 스태프의 시선이 왠지 묘하게 느껴졌다.

'이러다가 들키겠는데……'

열애설이 터져 본 경험으로 미루어볼 때 배우 생활에 좋을 건 하나도 없었다.

"태웅 씨, 몸은 좀 어때요? 깡패들하고 싸웠다고 들었는데

다치진 않았어요?"

송하나 감독이 걱정스러운 듯 물었다.

"네, 문제없습니다."

"태웅 씨, 힘센 건 알지만 몸조심하세요. 우리 영화의 주인 공인데 다치기라도 하면 큰일 난다고요."

"명심하겠습니다. 저도 그땐 갑자기 휘말려서 얼마나 당황 스러웠는데요."

"하여튼 삼원 옛날부터 맘에 안 들었는데, 엄마한테 냉장고 삼원 거 사지 말라고 해야겠다."

그녀는 고개를 저으며 태웅의 어깨를 두드렸다.

'으윽.'

용역들과 싸움에서 생긴 어깨의 상처가 아려왔다.

아직도 온몸이 여기저기 뻐근하다.

'이젠 떨어지는 낙엽도 조심하자. 촬영도 아직 많이 남았으 니까.'

＊　　　　　＊　　　　　＊

본격적으로 두 주인공의 연애가 시작되면서 죽어가던 수연 은 생기를 되찾는다.

사랑을 하지 않으면 죽는 바이러스를 치료할 수 있는 방법 은 바로 사랑을 하는 것!

반면 사랑을 하면 죽는 바이러스에 걸린 영준은 점점 쇠약해지는데……

　뒤늦게 사랑을 알게 된 수연은 슬픔에 잠기지만, 영준을 살리기 위해 그를 떠날 것을 결심한다.

　영준은 실험을 통해 치료약을 개발할 수 있다며 그녀를 만류하지만, 실험의 성공을 확신할 수 없었던 그녀는 결국 그에게 이별을 고한다.

　"보면 볼수록 너무 슬퍼요."

　최예린이 대본을 보며 눈물을 글썽거렸다.

　서로 상반된 입장.

　사랑을 하면 한쪽은 죽어가고 한쪽은 산다.

　최대의 딜레마에 빠진 두 연인의 사랑과 이별이 번갈아 펼쳐지면서 영화는 클라이맥스로 치닫는다.

　태웅은 사랑을 느끼고 죽어가는 남자 영준을 연기하면서 여성 관객들의 눈물샘을 자극할 생각이었다.

　다음 촬영 신은 서로를 멀리 했던 두 사람이 다시 만나는 장면이었다.

　헤어졌어도 사랑하는 감정이 그대로인 영준은 여전히 쇠약해져 갔고, 죽음을 예감하곤 수연의 콘서트를 마지막으로 보기 위해 찾아간다.

공연 직전, 영준을 사랑하는 동료 연구원 주아라가 그녀를 찾아와 그 사실을 이야기하고, 그녀는 충격을 받는다.

영준은 그녀가 노래를 부르는 모습을 보며 힘겹게 무대를 향해 걸어가고, 그 광경을 본 그녀는 무대에서 내려와 쓰러지기 직전인 그를 감싸 안는다.

설정상으로는 수만의 관객들이 운집해 있는 상황.

게다가 실제 촬영에 동원되는 보조 출연자들의 수도 어마어마했다.

그 많은 사람들 앞에서 최예린이 촬영을 할 수 있을지는 그녀를 회복시킨 태웅도 장담할 수 없었다.

노래와 춤은 이미 여러 번 가수 역할을 해본 그녀기에 어렵지 않았다.

문제는 엄청난 수의 군중 앞에 서서 그 시선을 견뎌야 한다는 점이었다.

"할 수 있겠어요? 엑스트라가 어마어마한데……."

태웅의 말에 그녀는 빙긋 웃으며 고개를 끄덕였다.

"그럼요. 할 수 있을 거예요. 태웅 씨가 도와줘서 이제 많이 회복됐거든요."

마냥 밝아 보이는 얼굴을 보니 한결 더 불안하다.

"촬영 땐 내가 도와줄 수 있는 것도 한계가 있어요. 예린 씨 혼자 힘으로만 해야 할 겁니다."

"괜찮아요. 태웅 씨가 있는 것만으로도 힘이 되니까요."

정말 자신에게 많이 의지하고 있는 것 같아서 태웅은 그녀가 안타까운 한편, 기대도 되었다.

적어도 지금처럼 용기를 북돋아준다면 아무런 문제없이 찍을 수도 있을 것 같았다.

무엇보다 지금까지 워낙 잘해온 것이다.

촬영 초중반까지만 해도 그녀에 대해 조마조마해하며 컨디션을 살피던 송하나 감독도 이제는 아예 마음을 푹 놓고 연출과 출연자들의 연기 지도에만 몰두하고 있었다.

공황장애라는 게 언제 또 도질지 모르는데 정말 턱없이 낙천적인 감독이다.

태웅은 그녀와 마주 앉아서 허심탄회하게 이야기해 보기로 했다.

"예린 씨, 나한테 말 안 한 게 있을 거예요."

"…네?"

"공황장애를 겪게 된 원인에 대해서 말이에요. 그냥 연기자 생활을 하면서 자연스럽게 생겼다고 했지만 내 눈에는 다른 이유가 있는 것처럼 보이네요."

"……."

"솔직하게 말해줬으면 좋겠어요. 진짜 문제와 마주하지 않으면 다음 촬영, 할 수 없을지도 모르니까."

그의 말에 그녀는 한참 동안 침묵을 지켰다.

불안하게 흔들리는 눈빛이 애처롭게 보였다.

얼마나 시간이 지났을까?

마침내 그녀의 입이 열렸다.

*　　　　*　　　　*

'치명적 러브'의 클라이맥스 촬영.

수많은 관중이 운집한 가운데 여주인공의 무대가 펼쳐지는 장면이다.

설정상으로는 수만 관객이지만 실제로는 대부분 CG로 처리된다.

그렇다고 해도 수백 명은 되는 사람 앞에 서야 하는 이상 최예린이 제대로 촬영을 할 수 있느냐에 모두의 우려가 쏟아졌다.

'할 만큼 했다. 알아서 잘 하겠지!'

연예계 생활을 하며 나름 잔뼈가 굵은 그녀였기에 스스로 극복할 수 있을 것이라고 태웅은 생각했다.

공황장애에 빠진 것도 그만한 이유가 있어서였다.

"치사한 놈. 조폭 두목이라는 게 그렇게 비열하게 굴어서야……."

태웅은 최예린에게 들은 이야기를 떠올리곤 혀를 찼다.

칠상파의 보스이자 나인핑거스 대표인 공진수.

그는 광고 모델 제의차 만나 인연을 맺고, 그녀를 계열 회사인 BH엔터테인먼트로 영입했다.

이후 그녀의 시련이 시작되었다.

그는 최예린을 단지 톱스타가 아니라 정재계 인사들을 상대로 한 로비스트로 만들 생각이었다.

그녀는 그와 함께 국회의원이나 대기업 회장 등을 만나며 원치 않는 제의를 받았다.

좋게 말해 제안이었지, 그것은 몸시중을 들라는 요청이나 다를 바 없었다.

결국 그녀는 회사와 계약을 해지하려 했지만, 공진수는 태도가 돌변하여 그녀의 연예인 생명을 끊겠다며 협박을 했다.

사람을 써서 스토킹을 하고, 언론을 통해 추잡한 스캔들을 조작하여 퍼뜨리는 등 치졸한 방법을 썼다.

인터넷에 알바를 풀어 그녀의 기사에 악플을 달게 하기도 했다.

지친 그녀가 원만한 해결을 하자고 제의하자, 본색을 드러내어 그녀를 자신의 여자로 만들고자 했다.

그나마 도움을 준 아버지가 연예계에 잔뼈가 굵은 배우 출신이라 잘 대응했기에 망정이지 그렇지 않았다면 꼼짝없이 몸도 버리고 거액의 위약금까지 물었을 것이다.

그 사실을 털어놓고 나서 그녀는 후련한 듯하면서도, 예전의 끔찍한 기억이 되살아나는지 괴로워했다.

이제 공황장애를 극복할 수 있는지 여부는 그녀 스스로에게 달렸다.

"큰일이네. 대기실에서 못 나오고 있는 것 같은데……."

송하나 감독이 걱정 어린 시선을 보냈다.

자기 밴에서 내릴 때부터 예전으로 돌아간 듯 심하게 떨고 있는 모습이 얼핏 보였다.

[괜찮아요?]

태웅이 메시지를 보내자 잠시 후 답신이 왔다.

[숨을 잘 못 쉬겠어요.]

[어떻게 해요? 잠은 좀 잘 잤어요?]

[간신히 두 시간 정도…….]

우려했던 대로다.

그는 자리에서 일어나 그녀의 대기실로 향했다.

노크하자 문이 빼꼼 열리며 매니저의 얼굴이 보였다.

최예린과 그녀의 사이를 알고 있는 인물 중 하나다.

각자 최측근인 매니저에게는 이 사실을 알릴 수밖에 없었다.

하지만 그는 곱지 않은 시선으로 태웅을 보며 물었다.

"무슨 일로?"

"최예린 씨랑 할 얘기가 좀 있어서요."

인기척을 들은 그녀의 목소리가 안에서 들려왔다.

"태웅 씨? 들어와요."

마치 김빠진 듯 떨리는 목소리.

힘이 거의 느껴지지 않는다.

문을 연 매니저를 한 번 흘겨주고 들어가니 그제야 그녀의 얼굴이 온전히 보였다.

역시 예상대로 상태가 좋지 않다.

금세 쓰러질 것처럼 하얗게 질려 있는 것이 화장과 조명을 감안하더라도 심각할 정도다.

"잠시 나가주실까요?"

태웅의 말에 매니저가 마뜩잖은 표정을 지었다.

하지만 고개를 끄덕이는 최예린을 보곤 할 수 없다는 듯 문을 닫고 나갔다.

"촬영 어려우면 다른 날로 미뤄요. 안 될 건 아니에요."

"기다리고 있는 사람들은 어쩌고요."

"그렇다고 예린 씨가 무대에서 피 토하고 죽을 수는 없잖아요?"

"죽기까지야……."

다 죽어가는 목소리로 그녀는 희미하게 웃었다.

태웅의 말이 어처구니가 없는 것 같았다.

"자기 자신을 가장 우선으로 생각하는 사람이 오래 사는 법이에요. 다른 거 신경 쓰지 말고 본인만 생각해요."

그의 말에 그녀의 눈이 살짝 반짝였다.

"고마워요. 그렇게 말해주는 사람 태웅 씨뿐이에요."

잠시 침묵이 흘렀다.

태웅은 그녀가 갈등하고 있는 것이 보였다.

"노래랑 춤 한번 보여줘요."

"네?"

"오늘 무대에 서잖아요. 인기 가수 차수연으로."

대본대로 오늘 춤추고 노래하는 모습, 그리고 남주인공인 자신과의 키스신을 찍게 된다.

"싫어요. 창피하게."

"어차피 수많은 사람들 앞에서 할 건데 고작 내 앞에서 하는 게 창피하다고?"

"그래도……."

단 두 사람만 있는 대기실에서, 눈앞에서 춤과 노래를 하는 것은 오히려 수많은 사람들 앞에서 하는 것보다 쑥스러울 수도 있다.

그 사실을 알면서도 태웅은 그녀에게 집요하게 요구하고 있었다.

"한번 보여줘요. 남자 친구 앞인데 뭐가 어때서."

그 말에 그녀의 눈빛이 묘하게 변했다.

'남자 친구'라는 말에 또다시 몰입이 시작된 것 같았다.

'꼭 최면 거는 것 같다니까.'

연기에 몰입하기 시작하면 현실과 구분하지 못하는 그녀

특유의 성격이 이번에는 도리어 도움이 될지 모른다.

예상대로 그녀는 자리에서 일어나 입고 있던 가운을 벗었다.

그러자 짧은 반바지에 타이트한 라운드 니트를 입은 모습이 보였다.

날씬하면서도 풍만하다는 말이 뭔지 알 수 있을 만큼 완벽한 몸매가 한눈에 드러났다.

"정말 멋져요."

솔직한 감상을 말하자 그녀는 진심으로 기쁜 듯 미소를 지었다.

"더 멋진 것 보여줄게요."

그리고 그녀는 그가 보고 있는 앞에서 천천히 춤을 추며 노래를 하기 시작했다.

걸 그룹 댄스같이 화려한 춤은 아니었지만, 미디엄 템포의 곡과 잘 어울렸다.

문밖에 서 있던 매니저는 안에서 들려오는 노랫소리에 어리둥절했다.

'뭐야? 뭘 하고 있는 거야?'

춤과 노래에 점점 자신감이 살아나면서 그녀의 눈빛 또한 또렷해졌다.

불안하게 떨리던 목소리는 선명해졌고, 얼굴 또한 발그레한 색깔로 돌아왔다.

마침내 그녀의 노래가 끝나자, 태웅은 환호하며 박수를 쳤다.

"우웃빛깔 최예린! 완전 예뻐 최예린!"

그의 외침에 그녀가 얼굴 가득 환한 미소를 지었다.

"뭐야, 군인 아저씨 같아요. 호호호."

소녀같이 웃는 모습을 보고 태웅은 그녀에게 바짝 다가섰다.

아직 가라앉지 않은 그녀의 거친 숨소리가 느껴졌다.

"태, 태웅 씨."

얼굴을 가까이 한 태웅이 그녀의 눈을 똑바로 바라보며 말했다.

"우리 연습 안 한 거 있죠? 지금 해요."

그리고 그는 그녀에게 입을 맞췄다.

입술이 닿자 그녀가 몸을 움찔하며 바르르 떤다.

혀와 혀가 얽히는 속도가 빨라지자 그녀는 눈을 질끈 감으며 두 팔로 태웅의 목을 끌어안았다.

"태웅 씨, 사랑해요……."

흐느끼는 듯한 그녀의 말에 태웅은 속으로 회심의 미소를 지었다.

굳었던 어깨는 연한 물침대처럼 풀려 버렸고, 불안한 떨림도 이젠 느껴지지 않는다.

'성공이군. 후후…….'

　　　　　＊　　　　　＊　　　　　＊

　이윽고 진행된 촬영.

　대기실 문을 박차고 나온 최예린은 언제 떨었냐는 듯 환한 표정으로 감독과 배우들에게 인사를 했다.

　그녀의 급격한 변화에 송하나 감독은 어리둥절해하면서도 안도한 듯 가슴을 쓸어내렸다.

　공황장애는커녕 오히려 살짝 들뜬 모습.

　최예린은 최고의 스타 여배우였던 몇 년 전의 모습을 연상시킬 만큼 자신감 있는 모습으로 운집한 보조 출연자들 앞에서 리허설을 진행했다.

　"예술이네. 도대체 무슨 마법을 부린 겁니까?"

　최예린의 매니저가 진심으로 궁금한 듯 태웅에게 다가와 작은 목소리로 물었다.

　"사랑의 힘 아니겠습니까. 그 어떤 감정도 사랑을 뒤덮을 수는 없으니까요."

　"사랑이요? 계약 연애 아니에요?"

　"계약 연애지만 계약 연애처럼 느껴지지 않아야 진정한 고수라고 할 수 있죠."

　'…뭐라는 거야?'

　성공적으로 리허설을 마치고 잠시 후 촬영이 이어졌다.

"자, 집중들 하세요. 오늘 촬영이 우리 영화 하이라이트니까 힘 바짝 줄게요."

화려한 조명이 돌아가면서 백댄서들과 함께 무대에 오른 최예린이 긴장한 듯 심호흡을 했다.

하지만 전처럼 촬영이 불가능한 정도는 아니었다.

그냥 평범한 수준의 긴장에 불과하다.

'화이팅!'

태웅이 손을 들어 올리며 그녀에게 응원의 눈빛을 보냈다.

그 역시 다 죽어가는 환자 영준을 실감나게 연기해야 한다.

병색이 완연한 모습으로 분장한 그는 힘겹게 공연장에 들어서서 관중석에서 무대를 바라보는 신을 촬영했다.

사랑의 감정으로 인해 죽어가면서도 애틋한 눈빛으로 연인을 지켜보는 모습은 지켜보던 송하나 감독의 마음까지도 설렐 정도로 절절하게 느껴졌다.

'저렇게 멜로 영화에 어울리는 마스크였나? 그냥 훈훈한 건 알고 있었지만……'

솔직히 백 퍼센트 멜로 영화용 얼굴로는 생각하지 않았다.

이미지 또한 멜로 영화는 처음이었고 점점 외모가 업그레이드되긴 했지만 첫 출연작을 보면 재미있게 생긴 얼굴에 가깝다.

그랬던 것이 촬영을 진행하면서 점점 진화하더니, 이제는 로맨스 연기에 전혀 손색이 없는 배우가 되었다.

'저 살인 미소… 언제 봐도 녹을 것 같다니까.'

그녀도 여자였기에 태웅의 미소가 가진 파괴력을 여실히 느끼고 있었다.

한 번 보면 자기 전까지도 자꾸만 생각나 웃음 짓게 될 아름다운 미소.

영화가 개봉되면 엄청나게 많은 여성 팬들이 생길 것이 틀림없다.

전주가 시작되면서 최예린의 노래가 시작되었다.

리허설과 다를 바 없는, 아니, 오히려 한층 더 생동감 있는 모습이었다.

댄스곡을 끝마치고, 잠시 숨을 고르고 있던 그녀의 눈에 금방이라도 쓰러질 듯한 태웅의 얼굴이 보였다.

그녀는 뒤이어 불러야 할 발라드곡의 전주가 나오는 순간 무대를 내려간다.

그러고는 그를 향해 걸어가 앞에 멈춰 선 후 그대로 껴안고 입을 맞췄다.

수많은 사람들이 당황하여 웅성거리는 와중에도 두 사람의 키스는 이어진다.

"영준 씨… 영준 씨?"

이제 한계에 달했는지 키스를 마친 그는 그대로 쓰러지고 만다.

"오케이! 아주 좋았어요. 다들 수고 많으셨어요!"

유쾌한 기분이 된 송하나 감독이 후련한 듯 기지개를 켜며
외쳤다.

아무런 문제 없이 끝난 촬영에 그동안 쌓였던 스트레스가
풀린 듯했다.

"예린 씨, 정말 최고였어요! 이제 대한민국 최고 여배우로
화려하게 복귀하겠네요. 미리 축하!"

감독의 말에 최예린은 시원하게 웃음을 터뜨렸다.

정말 오랜만에 보는 그녀의 환한 미소였다.

'잘했어요.'

태웅은 그녀에게 윙크를 했다.

영원히 세상에 다시 나오지 못할 것 같았던 여배우가 다시
힘찬 날갯짓을 하게 될 것이 기뻤다.

＊　　　　＊　　　　＊

'치명적 러브'의 촬영은 결말 부분만 남겨두고 있었다.

그사이 '결심, 하다'의 후반 작업이 늦어져서 개봉일이 밀렸
다는 소식이 들려왔다.

'가만, 그러면 내 바람대로 되는 건가?'

태웅은 그 소식에 도리어 기뻤다.

두 영화 모두 비슷한 시기에 개봉하여 나란히 영화관에 걸리는 광경을 꿈꾸고 있었기 때문이다.

배급사도 빵빵하게 지원해 줄 테니 두 영화의 개봉관을 합치면 거의 전 스크린에서 상영될 수도 있었다.

영화를 보러 온 대부분의 관객이 태웅의 모습을 보게 되는 것이다.

'한국 영화판 접수 끝이군.'

그의 예상으로는 두 영화 모두 대중성, 작품성에 있어서 나무랄 데 없었다.

게다가 자신이 끊임없이 이슈를 만들어내고 있어서 화제성 또한 무시무시했다.

두 작품 모두 500만 관객 이상은 문제없을 것이다.

물론 그의 바람은 둘 다 1,000만 관객 돌파였지만.

비중 있는 배역으로 출연한 세 작품이 모두 1,000만을 넘긴다면 이견 없는 대한민국 최고의 배우로 단번에 자리매김할 수 있었다.

느긋하게 소파에 누워 있는데 갑자기 사무실 문이 열리며 누군가가 들어왔다.

"잘 지내셨습니까, 형님."

"엥? 왜 벌써 왔어?"

초췌한 얼굴의 고서윤이 고개를 꾸벅 숙였다.

"오늘이 휴가복귀일입니다만."

"그래? 벌써 그렇게 됐나?"

보름간의 휴가 후 복귀한 고서윤은 사무실을 둘러본 후 입을 열었다.

"상태가 엉망이군요. 정리 좀 해야겠습니다."

"아니, 그런 건 다른 직원들 시키지 왜……."

"제가 해야 마음이 놓입니다. 그럼 잠시 장비 좀 챙기고 오겠습니다."

여전한 모습이다.

매니저 계속하는 거냐고 물어보려던 태웅은 어느새 면장갑과 마대 자루, 걸레 등을 챙기고 있는 고서윤의 모습을 보곤 그만 입을 다물고 말았다.

*   *   *

돌아온 고서윤을 통해 태웅은 최수빈이 입원 중이라는 사실을 들을 수 있었다.

"위급한 상황인가?"

"그렇진 않습니다. 원래 정기적으로 입원 치료를 받으시니까요."

불치병인 유전 질환으로 최수빈은 오래 살 수 없는 몸이라고 했다.

비교적 젊은 나이인 그가 그런 상태라는 사실에 안타깝긴 했지만 그 이상의 감정은 들지 않았다.

중국 쪽 사업은 믿을 만한 후계자가 관리 중이라고 했고 그 자신은 한국에 들어와 오랜 시간을 보낼 예정이라고 했다.

'칠상파를 치려는 건가?'

결국 그와도 손을 잡아야겠지만, 어떻게 이야기를 풀어야 할지 감이 오지 않았다.

"최 회장님께서는 언제든 형님이 찾아오기를 기다리고 있겠다고 말씀하셨습니다."

"나를? 왜?"

"마지막 사업을 형님과 함께하고 싶다고만 말씀하셨습니다. 무슨 뜻인지는 저도 완전히 알지 못합니다."

그 말을 끝으로 고서윤은 입을 다물었다.

*   *   *

'치명적 러브'의 결말은 뜻밖의 전개로 흘러간다.

죽어가는 영준을 대신해 '사랑을 하면 죽는' 바이러스'의 해결책을 고안한 것은 동료 연구원인 주아라였다.

그녀는 완전한 치료제 대신 900일 동안 연명할 수 있는 약을 개발하는데, 이는 의학적인 사랑의 유효기간이 약 900일이기 때문이었다.

900일이 경과하면 아무리 뜨거웠던 사랑이라고 해도 대부분 그 감정이 식어가고, 증상은 자연스럽게 호전되는 것이었다.

그녀의 치료로 900일이 지난 후 영준은 회생하게 된다.

그리고 그는 이미 사랑했던 연인, 수연과 헤어진 후였다.

쓸쓸한 나날을 보내면서도, 보다 완전한 치료제를 개발하기 위해 연구에 몰두하는 영준.

오랜 시간이 지나고, 파리 여행에서 우연히 수연과 재회하는 영준.

그 순간 두 사람의 감정은 다시 불타오른다.

그 위로 들려오는 영준의 나레이션.

—그리고 난 다시 아프기 시작했다. 하지만 이젠 낫고 싶지 않다. 죽더라도 상관없다.

두 사람의 연기를 지켜보던 송하나 감독은 벌떡 일어났다.

"오케이! 고생 많으셨어요!"

그녀의 외침과 함께 촬영을 지켜보던 스태프들의 박수가 터졌다.

태웅은 손을 흔들며 환호에 답했다.

예린 역시 시원한 미소로 화답했다.

"드디어 끝났네요."

"고생했어요. 이제 최고의 여배우 최예린의 재림이네요."

태웅과는 달리 예린의 표정에서는 약간의 쓸쓸함이 묻어났다.

계약대로라면 두 사람의 연애는 여기까지.

태웅은 여기서 끝낼 생각이었지만 예린은 아직 그에 대한 애틋한 감정이 남아 있었다.

촬영 내내 적지 않게 의지했던 그다.

촬영을 위해서였다고는 해도 진심이 생기지 않았다고 한다면 거짓말이다.

그녀의 눈빛이 심상치 않음을 본 태웅은 슬쩍 시선을 돌렸다.

이제 깔끔하게 정리를 해야 할 시점이다.

그녀의 공황장애도 거의 치료됐고 촬영도 성공적으로 끝났다.

"쫑파티는 모레 할 거예요. 다들 스케줄 비워두세요!"

송하나 감독의 낭랑한 목소리가 울려 퍼졌다.

'쫑파티라……'

태웅은 환호하는 사람들 속에서 고심했다.

'참석해야 하나?'

지금까지의 경험으로 보건대 참석해서 좋은 일이 있었던

적은 한 번도 없었다.

적당한 핑계를 대고 빠질까 생각하고 있는데 최예린과 시선이 딱 마주쳤다.

사람을 빨아들일 듯한 맑은 눈동자가 간절한 바람을 담고 자신을 바라보고 있다.

'에이 씨… 들켰나?'

아니나 다를까, 주머니에서 들려오는 알림음 소리에 그는 핸드폰을 확인했다.

[꼭 참석하셔야 해요. 제 마지막 부탁이에요.]

'어휴……'

그는 저절로 한숨이 나왔다.

*   *   *

사무실로 돌아가니, 들뜬 얼굴의 윤철이 벌떡 일어났다.

"왜? 또 무슨 일인데?"

그를 보자마자 뭔가 일이 있음을 알아차린 태웅이 심드렁한 표정으로 물었다.

"태웅아, 방금 전 어디서 전화 왔는지 아냐?"

"몰라."

최예린과 쫑파티 생각에 아픈 머리를 부여잡고 그는 소파에 앉았다.

"자식이 왜 이렇게 관심이 없어? 어디 한번 맞춰봐."

"싫다. 피곤해."

"이 형님이 엄청난 소식을 알고 있는데 김빠지게시리… 배준화 감독한테 전화 왔어. 너 있잖냐… 칸 간대!"

"그래?"

태웅의 무덤덤한 대답에 윤철은 말문이 막혔다.

"무슨 반응이 그래?"

"뭐가."

"야, 너 칸에 간다고. 그것도 네가 출연한 '우상'이랑 '결심, 하다'가 다 경쟁 부문에 진출했단 말이야! 이거 완전 대박! 초대박!"

"그렇구먼."

신나서 방방 뛰는 윤철을 보며 태웅은 흘러나오려는 하품을 참았다.

까짓 칸.

이미 지겹게 가본 영화젠데…….

하긴 오랜만에 가보는 것도 나쁘지 않겠다는 생각이 들었다.

익히 알고 있는 할리우드의 얼굴들이 잘 먹고 잘살고 있나 구경하는 재미도 있을 테니까.

베니스 영화제, 베를린 영화제와 함께 세계 3대 영화제 중

하나인 칸 영화제.

영화 '우상'과 '결심, 하다'가 동시에 칸 영화제 경쟁 부문에 진출, 황금종려상 수상을 노린다는 사실이 큰 화제가 되었다.

언론에도 대서특필되며 연일 화제에 올랐다.

〈5년 만에 칸 영화제 경쟁 부문에 한국 영화 진출! 그것도 두 작품?〉

〈'우상'의 천만 배우 김태웅, '결심, 하다'로 칸 영화제 투런 홈런을 노린다!〉

할리우드를 비롯하여 세계 각지의 영화 관계자들이 모여드는 꿈의 무대.

바로 그곳에서 태웅이 출연한 두 작품이 모두 수상 후보에 올랐다는 것은 놀라운 일이었다.

자신도 자신이지만 유지니 역시 두 영화에 함께 출연했기에 큰 경사가 아닐 수 없다.

'그나저나 두 작품이나 경쟁 부문에 오르다니 운도 좋구먼.'

할리우드에 있을 때도 이런 일은 흔치 않았었다.

이미 남우주연상을 두 번 수상한 영화제인 만큼 딱히 감흥은 없었지만······.

'가만, 그러면 설마 또 메이린을 보는 건가?'

두 영화의 주요 배우들과 감독 모두 칸에서 만나 함께 레드 카펫을 밟게 될 것이다.

반가운 얼굴들도 있고 피곤한 얼굴들도 있을 것이다.

문득 전생의 매니저이자 친구, 엘런의 생각이 머리를 스쳤다.

'그러고 보니 칸이라면 올 수도 있겠군.'

지금 자신이 물려준 재단을 운영하는 것 외에는 어떤 삶을 살고 있는지는 알 수 없다.

하지만 계속 할리우드에 남아 제작자든 뭐든 하고 있다면, 영화계의 축제인 칸에 올 확률이 높다.

칸에는 세계 모든 영화 관계자들이 몰려든다.

배급사, 투자사, 제작사, 감독, 배우, 그리고 전혀 상관없지만 영화계 입성을 꿈꾸는 뜨내기들까지…….

저명인사를 꼬셔서 신분 상승을 노리는 배우 지망생이나 자신의 재능을 알아봐 주기를 원하는 신인 감독, 시나리오 작가들 등등 각양각색의 인물들이 몰려든다.

"5월 20일부터 시작이고 31일에 끝나. 스케줄은 없으니 충분할 거야."

"좋네. 그런데 왜 이렇게 들떠 있는 거야?"

"너라면 안 그렇겠냐? 아니, 니가 더 들떠야지."

"혹시 따라올 생각이야?"

"그럼 당연하지! 내가 안 가면 되나?"

"안 와도 돼. 매니저랑 코디만 있으면 충분하다고."

"그게 무슨 섭한 소리야? 이미 비행기 티켓까지 끊어놨는데."

"아 진짜……."

왠지 불길한 예감이 들었다.

윤철이 간다면 '그'가 모를 리가 없는데…….

호랑이도 제 말 하면 온다고, 홍구가 벌컥 문을 열고 나타났다.

"여어, 칸의 배우!"

"안 돼."

태웅의 말에 홍구는 말문이 막혔는지 헛기침을 했다.

"뭐, 뭐가 안 돼?"

"넌 안 데려간다."

"하하하. 자식. 난 또 뭐라고."

그는 만면에 미소를 띠었다.

태웅은 한층 더 불길한 예감에 미간을 좁혔다.

"난 네가 이렇게 나올 거라고 당연히 예측했지. 내가 거머리처럼 따라갈 것이라고 생각했지?"

"그럼 아냐?"

"물론 난 칸에 간다. 하지만 누구처럼 비굴하게 너한테 빌붙어서 가지 않아!"

윤철이 뜨끔한 듯 홍구를 노려보았다.

"그럼 혼자 따로 가겠다고?"

"후후… 뭘 모르는군. 너만 칸의 배우냐? 나도 칸의 배우다!"

그는 솥뚜껑만 한 손바닥을 내밀었다.

핸드폰 화면에는 누군가와 주고받은 문자가 있었다.

얼핏 기억나기론 홍구가 찍고 있는 퀴어 영화의 제작사 대표인 것 같았다.

"이게 뭐야? 왕이반 감독의 '그들의 유희' 칸 영화제 비경쟁 부문 진출?"

대화의 내용을 보니, 홍구가 찍은 영화 역시 칸 영화제에 초대를 받았다는 것 같았다.

"그래, 칸에는 퀴어종려상이 있다고! 나 역시 수상을 노린다는 말이다."

그는 주먹을 불끈 쥐며 힘찬 목소리로 소리쳤다.

덕분에 사무실 사람들의 시선이 그에게 쏠렸다.

"그, 그래. 축하한다."

"그럼! 김태웅, 이제부턴 동등한 레벨이다. 실버문 소속 칸의 배우끼리 잘해보자."

신이 난 듯 어깨를 들썩이며 홍구는 다시 사무실을 나갔다.

"굼벵이도 구르는 재주가 있다더니, 쟤도 어째 될 놈인가 보다. 데뷔작부터 칸 진출이라니."

"나도 데뷔작은 데뷔작이거든."

"하긴 경쟁 부문에 두 작품을 올린 너하고 비교하겠냐마는… 어쨌든 경사긴 경사네. 하하하하."

윤철은 더할 나위 없이 즐거운 듯 연신 너털웃음을 터뜨렸다.

반면 태웅은 혹 덩어리들을 달고 갈 생각에 벌써부터 머리가 지끈거렸다.

'그런데 김샛별은 어떻게 된 거야? 미국으로 떠난 지가 언젠데……'

엘런에 대해 조사하라는 막중한 임무를 맡긴 김샛별은 벌써 몇 달이 지나도록 감감무소식이었다.

물론 오래 안 보일수록 좋지만, 지나치게 아무런 연락이 없어서 약간 이상하게 느껴지기도 했다.

'설마 죽었다거나 뭐 그런 건 아니겠지?'

가능성은 없지만 그래도 혹시 괜찮은 정보를 물어올까 약간의 기대를 했었다.

하지만 역시 너무 어려운 임무를 맡긴 것 같다.

'천천히 기다려 보자. 어차피 엘런은 칸에서 만날 수도 있으니까……'

*   *   *

대망의 쫑파티가 열리는 날 저녁.

태웅은 그동안 일부러 최예린과 연락을 하지 않았다.

그녀도 몇 번 사소한 일상과 관련된 메시지를 보내다가, 태웅의 반응이 시큰둥하자 더 이상 길게 대화를 이어가진 않았다.

하지만 그는 느끼고 있었다.

그녀가 결코 포기하지 않았다는 것을 말이다.

'부디 아무 일도 없길.'

운전대를 잡은 고서윤 역시 은근슬쩍 태웅에게 충고하길 잊지 않았다.

"오늘 그분이랑 별일 없으면 좋을 듯합니다만."

"그분이라니, 누구?"

시치미를 떼는 태웅을 힐끗 본 고서윤이 다시 입을 열었다.

"충분히 아실 텐데요. 최예린 씨 말입니다."

"물론 알고 있지. 어차피 계약 기간도 끝났으니 더 볼 일은 없어."

"사람 마음이란 게 그렇게 딱 자르기가 쉽진 않죠. 물론 잘하시겠지만 말입니다."

"그럼. 아무 일도 없을 테니 걱정 마. 혹 내가 과음해서 쓰러지면 네가 꼭 날 차에 싣고 집으로 날라다 줘."

"저를 아직도 믿으시는 겁니까?"

그의 말에 태웅은 피식 웃었다.

"그럼, 매니저를 안 믿으면 누굴 믿어?"

"그렇군요. 감사합니다."

고서윤은 두말없이 고개를 끄덕였다.

그는 내심 뭉클한 감동을 느꼈지만, 아무런 내색도 하지 않고 액셀을 밟으며 쫑파티 장소로 향했다.

"아니, 뭐 이런 데를 잡았대?"

한 시간을 달려 도착한 교외.

기껏해야 고깃집이나 횟집, 뷔페 정도를 생각했건만 웬 펜션 같은 곳을 빌려 아예 가든파티식으로 꾸민 듯한 쫑파티 현장이었다.

주변 풍경과 그윽한 조명, 그림같이 예쁜 파스텔 톤의 펜션과 푸른 풀밭이 어우러져 동화 속 한 장면 같은 모습을 연출하고 있었다.

'분위기는 왜 이렇게 좋은 건데?'

몰랐던 남녀라도 이런 곳에서 함께 시간을 보낸다면 눈이 맞을 것 같은 로맨틱한 장소였다.

은은한 클래식 음악이 들려오고 있었고, 여러 대의 차량이 줄을 맞춰 늘어서 있었다.

"그러게 말입니다. 쫑파티가 아니라 상류층들의 별장 파티 같군요."

하지만 보이는 면면은 단역들과 스태프들도 있었고, 복장들도 평상복을 입고 있었다.

송하나 감독이 태웅을 알아보곤 소녀처럼 폴짝폴짝 뛰며 달려왔다.

"태웅 씨, 왔어요?"

"감독님. 이게 다 뭔가요?"

"멋있죠? 내가 특별히 대표님한테 얘기해서 여기로 잡았어요. 기자들 꼬일 일도 없고, 우리들만의 시간을 보낼 수 있고, 분위기도 독특하고… 완전 최고지 않아요?"

자화자찬하는 그녀를 보며 태웅은 마지못해 고개를 끄덕였다.

"말씀하신 취지라면 그렇긴 하네요. 근사합니다."

한숨을 쉬고 그녀의 등 너머를 보던 태웅은 이쪽으로 다가오는 누군가를 발견하고 입을 쩍 벌렸다.

한낮처럼 밝은 달빛 아래 최예린이 그를 똑바로 바라보며 걸어오고 있었다.

S# 2
칸에 입성하다

　정들었던 배우, 스태프들과 차례로 인사를 나눈 태웅은 쫑
파티에 합류했다.

　송하나 감독의 취향을 고스란히 반영한 쫑파티 현장은 분
위기 하나만큼은 할리우드의 여느 파티 못지않았다.

　워낙 바빠서 다른 배우들과 촬영 현장에서 그리 친분을 쌓
진 못했지만 그래도 친숙한 얼굴들이 보였다.

　전작을 함께했던 강남일은 이번엔 워낙 비중이 적고 다른
작품을 동시에 하는 바람에 자주 보진 못했다.

　그런 만큼 이곳에서 보니 반갑기 그지없었다.

　"우상이 칸에 간담서? 이야, 잘됐어. 이렇게 기쁠 수가 있나."

"선배님은 안 가세요?"

"나? 난 못 가. 바쁘기도 하고 안 불러주기도 하고."

처음에 최예린의 상태에 의구심을 보이며 꺼림칙해했던 우진태 역의 조규만은 이제는 도리어 그녀를 찬양하다시피 했다.

"오늘 예린 씨가 오니까 완전 VIP 파티가 따로 없네. 그렇지 않아요?"

'박쥐 같은 놈.'

왠지 마음에 안 드는 녀석이라 태웅은 건성으로 고개를 끄덕였다.

나름 비중 있는 역할을 무난하게 소화한 우미령은 실크 드레스 복장으로 참석해 있었다.

이 중에서 드레스 코드는 장소와 제일 맞는 것 같았다.

"우리 영화 대박 날 것 같지 않아요? 나 너무 기대 돼. 나도 이제 천만 배우 한번 되어볼까 봐."

다들 영화의 성공을 믿어 의심치 않았다.

마침 초여름을 방불케 하는 따뜻한 날씨가 이어지고 있어서 아직 살짝 추울 시기임에도 오늘만큼은 야외 파티를 벌일 만했다.

곳곳에서 그릴에 구운 바비큐가 매콤한 냄새를 뿜어냈고, 정원에 비치된 테이블에 모여 앉은 사람들끼리 술잔을 부딪쳤다.

태웅은 상황을 보다가 적당히 귀가할 생각이었다.

그래서 가급적이면 매니저인 고서윤을 옆에 붙여두고, 강남 일이나 송하나 감독과 이야기하며 시간을 보냈다.

[얘기 좀 해요.]

빈틈을 보이지 않는 태웅에게 최예린의 메시지가 왔다.

하지만 그는 대답하지 않았다.

그리고 얼마 후 화장실에 가기 위해 나왔을 때, 익숙하지 않은 지리 탓에 그는 잠시 길을 헤맸다.

그때 뒤에서 누군가의 목소리가 들려왔다.

"태웅 씨."

'아, 이런 망했다!'

마치 귀신처럼 최예린이 서 있는 모습이 보였다.

"얘기 좀 해요. 괜찮죠?"

"좋습니다."

더 이상 피할 문제가 아니라는 생각에 그는 고개를 끄덕이며 앞장섰다

인기척이 없는 으슥한 숲속 공터까지 간 두 사람은 나란히 바위에 걸터앉아 이야기를 나눴다.

"절 너무 피하지 마세요."

"피, 피하긴요."

태웅은 그녀의 말에 뜨끔해졌다.

"어디까지나 저희 계약을 충실히 이행하는 것뿐입니다. 계

약 기간이 끝났으니 각자의 길을 간다는 조항 말이죠."

"그렇죠. 계약 기간이 끝났죠……."

그녀는 담담한 말투로 말했다.

"더 하자고 하지 않을게요. 그러니까 부담 갖지 않으셔도 돼요."

"……"

"태웅 씨한테는… 다른 사람이 있는 거죠?"

"네?"

그녀는 나무 사이로 보이는 보름달을 올려다보며 말했다.

"느낄 수 있어요. 여자의 본능 같은 거니까."

"제가 다른 사람을 좋아한다고요?"

"제 촉이 좀 많이 좋거든요. 그런 거죠?"

다른 사람이라…….

그녀가 이런 말을 꺼낼 줄은 몰랐다.

차라리 잘된 건지도 모른다.

"네, 맞습니다. 전 다른 분을 마음에 두고 있어서요."

물론 거짓이었지만, 이렇게 하는 게 관계를 깔끔하게 정리할 수 있을 것이다.

"솔직하게 말해줘서 고마워요. 그분이랑 잘되셨으면 좋겠네요."

그녀는 시원섭섭한 기색이었다.

다행이라고 생각하는 찰나, 뜻밖에도 한 사람의 얼굴이 떠올랐다.

강지나였다.

'뭐야? 왜 지나 씨 얼굴이……'

삼원 건설 철거 현장에서의 일로 완전히 사이가 틀어진 그녀다.

하필 왜 이 순간 그녀의 얼굴이 생각난 것일까?

"그분 생각하고 계시죠? 치… 그래도 전 여자 친구하고 같이 있으면서 너무한 거 아니에요?"

촉이 좋다는 말은 사실인 것 같다.

최예린은 태웅을 흘겨보더니 가까이 다가와 그의 뺨에 입을 맞췄다.

"들어가요. 날씨가 추우니까."

"그, 그럴까요."

"고마웠어요. 덕분에 저 살아났으니까 앞으로도 좋은 친구로 지내요."

"물론입니다. 그리고 제가 한 게 아니라 예린 씨 스스로 한 거예요. 자신감을 가지세요."

남녀 사이에 친구가 되기는 정말 어려운 법.

하지만 그녀라면 좋은 친구가 될 수도 있지 않을까하는 생각이 들었다.

*   *   *

칸 영화제 출국일이 코앞으로 다가왔다.

'결심, 하다'의 개봉 또한 영화제 폐막 보름 후로 확정되었다.

경쟁 부문 진출 자체만으로도 엄청난 마케팅이 되고 있는 만큼 흥행 성공은 따 놓은 당상이었다.

게다가 수상이라도 한다면 해외에서도 좋은 반응을 기대할 수 있을 것이다.

세계적으로 인정받는 영화에 출연한다는 것.

곧 월드 스타의 길에 들어선다는 뜻이다.

칸에 갈 '우상' 팀은 고화영 감독을 필두로 주인공 오영홍과 강규환, 그리고 김태웅과 유지니가 레드 카펫을 밟게 된다.

'결심, 하다'는 배준화 감독과 태웅, 메이린, 유지니 그리고 우협 역할의 김화룡까지 총 다섯 명이 레드 카펫 멤버가 되었다.

태웅과 유지니는 한 번에 두 작품으로 칸에 입성하는 보기 드문 영광의 주인공이 되면서 명실상부한 올해 최고의 영화배우로 조명받았다.

언론에서도 '역사를 다시 썼다'며 호들갑을 떨었다.

각종 연예 매체에서는 두 사람의 동시 인터뷰를 추진했다.

덕분에 곤란해진 것은 윤철이었다.

"조금 어려울 것 같습니다. 일단 ROD 측이랑 협의가 잘 안 될 것 같아서요."

쇄도하는 기자들의 인터뷰 요청을 대응하느라 식은땀을 흘렸다.

그 역시 삼원 건설의 철거 현장에서 용역들과 한판 승부를 벌인 장본인 중 한 사람이기에, ROD의 강지나 대표 얼굴을 보기도 어색했다.

유지니가 ROD 소속인 만큼 두 사람이 함께하는 인터뷰가 이루어질 확률은 지극히 희박했다.

"그쪽한테 물어보지도 않고 왜?"

태선의 말에 윤철은 황당했다.

"되겠어? 그쪽은 이제 우리랑 척졌다고 보면 돼."

"척진 건 삼원 건설과 삼원 그룹이지 ROD는 또 다를 수도 있어."

내막을 잘 모르면서도 뭔가 묘하게 핵심을 찌르는 태선이다.

그녀 역시 태웅과 칸에 동행하기로 되어 있었는데, 패션의 본고장인 프랑스에 간다는 사실만으로 잔뜩 들뜬 것 같았다.

"다르긴 뭐가 달라? 게다가 ROD 대표가 어디 보통 사람이냐? 삼원 그룹 회장 강부식의 손녀인데."

"그러니까 더 가능성 있다는 거지. 그냥 상명하복해야 하는 남이 아니잖아."

일리 있는 말이었다.

오히려 할아버지의 총애를 받고 있는 손녀니만큼 자기 사업과 관련된 일만큼은 더 자유롭게 행동할 수도 있다.

윤철은 모르는 소리하지 말라며 고개를 저었다.

"그쪽에서 연락을 해오면 모를까, 이미 돌아올 수 없는 다리를 건……."

따르르릉—

사무실 전화가 울리자 모두의 시선이 집중되었다.

LED액정 화면에 뜬 것은 왠지 낯익은 번호였다.

"네, 실버문 엔터테인먼트입니다."

전화를 받은 윤철은 깜짝 놀랐다.

설마 진짜 연락이 올 거라고는 생각하지 못했다.

"정말입니까? 네, 네. 알겠습니다!"

전화를 끊은 그의 상기된 얼굴을 본 태웅이 궁금해져서 물었다.

"왜 그래? 누군데?"

"강지나 대표."

"뭐?"

"인터뷰하잔다. 자기네들도 요청이 많이 와서 피곤하다고."

"아아……."

아마 그녀의 독단적인 결정일 것이다.

그룹이나 할아버지의 눈치 따윈 보지 않겠다는 걸까?

"그리고 자기도 칸 간다고, 잘 부탁드린다고 하네. 무슨 뜻일까?"

태웅은 한숨을 쉬었다.

"우리랑 인연을 끊고 싶진 않은가 보네. 인사치레로 그렇게 말할 여자는 아니거든."

"나도 그렇게 생각해. 하지만 쉽지 않을 텐데."

"뭐, 인터뷰 정도 함께하는 건 문제될 거 없겠지."

개인적인 친분마저 끊기는 싫다는 뜻일까?

태웅은 그녀의 마음을 짐작해 보려고 했지만, 만나서 이야기를 나눠보지 않는 한 어려울 것 같았다.

그는 칸에서의 열흘 남짓한 짧은 기간 동안 할 일을 머릿속으로 정리했다.

길다면 길고 짧다면 짧은 시간이다.

최대한 유용하게 사용해야 한다.

"고 매니저, 잠시 얘기 좀 할까?"

태웅의 말에 고서윤이 벌떡 일어났다.

두 사람은 건물 옥상으로 향했다.

"최 회장을 만나볼 생각인데, 병원으로 가면 되나?"

그의 말에 고서윤은 놀란 듯 눈이 커졌다.

"정말이십니까?"

"응. 칸에 다녀와서 만나려고 했는데, 미리 얘기를 하는 것도 좋을 것 같아서. 한국에 없는 틈에 뻘짓을 하거나 죽어버리면 곤란하거든."

고서윤은 헛기침을 했다.

"사실 원래 칸에 따라가실 계획이었습니다. 몸만 성했다면, 주치의가 허락했다면 말이죠."

"하⋯⋯."

이번에도 스토킹을 하려 했다는 말인가?

태웅은 어처구니가 없었지만, 그라면 충분히 할 수 있는 일로 여겨졌다.

"원하는 날짜와 시간 말씀해 주시면 안내해 드리겠습니다."

"고마워. 날짜와 시간은 오늘 중이어도 상관없어."

"알겠습니다. 그런데 왜 갑자기 그럴 마음이 드셨는지 물어봐도 됩니까?"

태웅은 씨익 웃으며 대답했다.

"그거야 다 죽어가는 사람 소원 한번 풀어주려고 그래. 지금의 나라면 어렵지만, 칸이라는 멋진 기회가 생겼거든."

세계 유수의 영화 관계자들과 유명 인사들이 모이는 칸 영화제.

그곳에서 태웅은 전생의 기억과 인연들을 이용할 생각이었다.

라이더 베스가 가진 거대한 부와 막강한 인맥, 모든 면에서 완벽하기까지 한 천재적인 능력을 되찾는다면 칠상파를 포함한 사회악들을 처단할 수 있을 것이다.

통화를 끝낸 고서윤은 긴장된 표정으로 입을 열었다.

"가시죠. 지금 당장 와도 상관없다고 하십니다."

"좋아. 가볼까."

*　　　　*　　　　*

고급 병원의 1인 병실에서 최수빈은 비스듬하게 앉은 채로 책을 읽고 있었다.

태웅이 들어오자 그는 고개를 까딱 숙였을 뿐 별다른 변화가 없었다.

"오랜만입니다. 태웅 씨. 반갑네요."

"혈색이 영 안 좋아 보이시네요."

"실제로 안 좋습니다. 건강이 썩 좋진 않아서요. 타고난 유전병인데, 아마 병명을 들어도 기억조차 못 할 겁니다."

실제로 그는 병명을 밝혔지만, 태웅은 그가 뭐라고 하는지 잘 알아들을 수도 없었다.

"그래, 본론으로 들어가죠. 날 돕겠다고요?"

태웅은 고개를 끄덕였다.

"내가 뭘 하고 있는지 알기는 압니까?"

"물론이죠."

태웅은 태연하게 손을 들어 하나씩 접기 시작했다.

"첫째, 배우 김태웅 스토킹. 둘째, 중국에서의 물류 사업체

운영, 그리고 셋째로 한국에서의 투자 회사 운영. 여기에 사람들에게 실체를 드러내지 않는 비밀 조직도 운용하고 있겠죠?"

최수빈은 어깨를 으쓱하며 고개를 저었다.

"조직 같은 건 없습니다. 난 그냥 평범한 사람이에요. 거짓말 같겠지만 지켜보면 알 겁니다."

"회사가 당신의 조직 아닙니까?"

"사마리아인베스트먼트요? 이들은 그냥 보통 회사원일 뿐이에요. 중국 회사는 현지인들이고요. 설마 그들을 깡패들과 같은 취급하는 건 아니겠지요?"

그의 말은 아무래도 사실인 것 같았다.

"좋습니다. 당신에 대해서는 대충 알고 있으니 앞으로의 계획을 들어보죠. 그래도 승산이 있으니 싸움을 시작한 거 아닙니까?"

"승산이라… 그게 지금은 좀 많이 희박해졌어요. 물론 그렇다고 해야 할 일을 멈출 수는 없지만 말입니다."

태웅은 그의 말에 한숨이 나왔다.

"이기는 싸움을 해야 할 테니, 내가 당신을 어떻게 도와야 할지 말해주세요."

"의지가 확실하시군요. 진작 이렇게 나오셨다면 좋을 것을."

그는 다소 기운 빠진 목소리로 태웅의 앞일에 대해 이야기하기 시작했다.

　　　　*　　　　*　　　　*

　칸으로 향하는 비행기에 오르면서 태웅은 눈을 감았다.

　열 시간이 넘는 장시간의 비행이었지만 비즈니스석을 타서 쾌적하게 갈 수 있었다.

　태선은 비즈니스석을 처음 타보는지 연신 감탄을 금치 못했다.

　"와, 여기 너무 좋다. 의자가 이렇게도 젖혀지나?"

　'자식… 촌스럽긴.'

　동행한 것은 태선과 윤철, 홍구, 고서윤.

　윤철은 자기도 가고 싶다는 마가린을 달래고 오느라 진땀을 뺐다.

　"황금종려상이랑 남우주연상까지 타고 돌아오면 기분 죽이겠다. 그렇지?"

　"세상이 그렇게 쉬운 줄 알아? 그냥 관광한다고 생각해."

　영화제 기간이라 그런지 한적한 프랑스 남부 칸은 어마어마한 사람들로 발 디딜 틈이 없을 터였다.

　태웅에 그곳을 잘 알고 있었다.

　기회를 얻고자 하는 수많은 사람들이 모여들고, 그들 대부분은 씁쓸한 실패를 맛보고 떠나간다는 것을.

　[욕망이 들끓는 도시, 칸에 입성합니다.]

[라이프 포인트 50이 주어집니다.]

[수상할 경우 특전으로 추가 보상을 얻을 수 있습니다.]

[추가 보상의 종류는 랜덤입니다.]

오랜만에 들려오는 시스템 메시지였다.

'가만, 그러고 보니 여기서 유명해지면 월드 스타 아니야? 그럼 이제 그놈의 시스템에서 해방될 수 있는 건가?'

마음속으로 의문을 품자, 갑자기 눈앞이 일렁거리며 누군가의 형상이 나타났다.

'헐… 오한수?'

홀러덩 벗겨진 대머리에 산만 한 배.

땅딸막한 키의 중년 남자인 그가 늘어져라 하품을 하며 모습을 드러냈다.

"벌써 여기까지 왔냐? 무명 배우에서 시작한 지 2년 만에 칸 입성이라니, 무서운 놈."

"시, 시스템의 요정!"

태웅은 주위를 둘러보았다.

어느덧 밤이 되어 어두컴컴해진 비행기 안.

아직 몇 명이 깨어 있긴 했지만 대부분 승객은 잠들어 있었다.

"어차피 난 네 눈에만 보이니까 걱정하지 마. 네가 입으로 떠들어도 나하고 하는 대화는 다른 사람들에게 들리지 않으니 안심하고."

그의 말에 태웅은 망설임 없이 입을 열었다.

"월드 스타가 머지않았는데 언제까지 미션이랑 포인트 신경 쓰며 살아야 하는 거야?"

"월드 스타가 그리 쉬운 줄 알아? 아직 한참 멀었다고."

그는 혼자서 쿡쿡 웃다가 고개를 힘껏 저었다.

"으, 어지러워. 역시 비행기 안은 고역이야."

가상 인물 주제에 멀미까지 하는 건가?

"그런데 너, 그 여자를 너무 잊은 거 아니냐?"

"누구?"

"누구긴. 데이라 엔젤이지. 한때 그렇게 사랑해 놓고 완전히 잊은 거야?"

순간 태웅은 극심한 두통에 이를 악물었다.

"너 뭐야? 네가 어떻게 그런 걸 알고 있어?"

"난 니 머릿속에 들어가 있는 사람인데 그걸 모르겠어?"

"그 여자 얘기는 꺼내지 마."

"언급하기도 싫은가 보군. 만약 그 여자가 칸에 오면 어쩌려고? 원래 우연이란 건 의외로 흔한 법이지."

태웅은 숨쉬기 힘들어지는 것을 느꼈다.

상상해 보지도 않았었다.

전생의 마지막 사랑을 이곳에서 만나게 되리라고는.

"상관없어."

"상관없다고? 정말?"

"지금 생이랑은 아무런 상관이 없는 사람이니까."

"그런가? 강지나라는 여자는 인연이 이어지는 것 같은데."

"시스템의 요정이라는 게 오지랖의 요정인가? 남의 연애사에 관심이 지나쳐."

어느새 태웅은 안정을 되찾았다.

아무래도 이 시스템의 요정이라는 작자는 자신을 열받게 하기 위해 존재하는 것 같았다.

"전생을 여자로 망했으니 조심하라는 거다. 지금도 쥐뿔도 없는 너한테 그렇게 많은 여자들이 들러붙고 있잖아."

오한수는 솟아오른 배를 어루만지며 혀를 찼다.

"자고로 남자 배우는 누구나 성공했을 때 세 가지를 조심해야 해. 여자, 약, 그리고 주먹. 근데 넌 그 세 개를 다 했잖냐."

"그때와 난 다른 사람이야."

"그래, 믿어보지. 어쨌든 자꾸 귀찮게 불러내니, 아예 상태창에 표시해 줄게."

그의 말과 동시에 시스템 창 우측 상단에 또렷한 글씨가 나타났다.

[월드 스타 달성률: 2.2%]

'엥? 고작 이것밖에 안 돼?'

그래도 나름 중국에서 인지도를 쌓았는데 아직 이 수준이라니……

"월드 스타의 기준은 라이더 베스다. 넌 아직 그 정도밖에 안 되니까 열심히 하라고. 암튼 난 이만."

그가 사라지고 난 후 태웅은 생각에 잠겼다.

명성을 높이기 위해서는 권위 있는 상을 타는 것도 중요하지만, 세계적인 흥행작에 출연해야 한다.

'여기서 바로 할리우드 캐스팅을 노려봐야겠다.'

거장들이 모이는 칸은 그에게도 기회의 땅이다.

예전에도 이곳에서 사람들의 시선을 끌고 월드 스타로 발돋움하지 않았던가?

'꼭 고향으로 돌아온 것 같군.'

조용히 눈을 감자 어둠처럼 잠이 몰려왔다.

*   *   *

벌써부터 따뜻해진 날씨에 프랑스 남부 칸의 해변에는 늘씬한 몸매의 미녀들이 한껏 자신을 과시하고 있었다.

이 시기라면 현지인들은 한눈에 알아볼 수 있다.

이들이 바로 기회를 얻기 위해 날아든 나비라는 것을.

"정말 예술이네. 예술이야!"

홍구의 목은 마치 360도로 돌아가는 듯했다.

아름다운 여성들에게서 눈을 떼지 못해 발을 여러 번 헛디뎠지만 여전히 시선을 거둘 생각은 없어 보였다.

"조금 걱정했었는데 성 정체성에는 전혀 문제가 없구나. 역시 홍구는 홍구다."

자기도 여자들 보느라 정신 못 차리고 있는 주제에 윤철이 피식거리며 홍구를 비웃었다.

"쳇. 여기 뭐 이래? 다들 노출증에 걸렸나……."

태선이 툴툴거렸다.

확실히 이 시기에는 세상에서 가장 예쁜 여자들이 칸으로 모여든다.

그건 잘생긴 남자들도 마찬가지라서 칸은 마치 거대한 패션쇼장처럼 보였다.

개막식 이틀 전부터 온 만큼 아직 여유가 있어서, 일행은 칸의 해변에서 이른 피서를 보내고 있었다.

'어라?'

태웅은 익숙한 누군가의 모습을 보곤 놀랐다.

해변가에서 양쪽에 미녀들을 끼고 걸어오고 있는 건장한 백발의 남자.

'007 시리즈'에 출연하여 제임스 본드 역할을 이상적으로 소화해 냈던 명배우, 섬 피어스였다.

어느덧 나이가 60대로 접어들었지만 여전히 형형한 눈빛과

우렁찬 목소리의 보유자다.

자신과 마찬가지로 여러 번의 이혼 후, 지금은 완전히 자유의 몸이 되어 풍류를 즐기며 노년의 삶을 즐기고 있었다.

'오랜만이네. 노인네. 여전하구나.'

꽃남방에 반바지, 슬리퍼 차림의 그는 지척에 있는 태웅을 스쳐 지나갔다.

"오우?"

순간 그가 멈춰 서더니 태웅을 돌아보았다.

'설마 알아봤나?'

그럴 리가 없다.

완전히 다른 얼굴과 체격이다.

"혹시 당신, 태웅 김?"

그 말에 그는 물론 일행들까지 깜짝 놀랐다.

"맞습니다만."

고서윤이 점잖은 영어로 대신 입을 열었다.

"아아. 당신 유스 곤 와일드에서 봤어! 정말 끝내주던데?"

그는 양옆의 미녀들을 제쳐두곤 태웅에게 다가와 호들갑을 떨었다.

"내가 그 프로그램 팬이거든. 그래서 노튼한테도 물어봤어. 당신에 대해서. 꼭 한 번 보고 싶었는데 이렇게 만나다니, 하하하."

어쩐지, 알아볼 리가 없다 했다.

유스 곤 와일드 때문이었음을 안 태웅은 허탈해졌지만, 한편으로는 오랜만에 옛 친구와 이야기를 나누게 되어 즐겁기도 했다.

"고마워요. 나도 당신 팬입니다. 그런데 새 작품은 안 찍나요?"

"배우에게 있어 휴가는 필수지. 우리 휴가는 회사원들과는 다르게 좀 길어. 당신도 알잖아? 하하하."

'뭘 휴가를 5년이나 갖냐.'

황혼 이혼을 한 후 그는 작품 활동을 하지 않고 전 세계를 떠돌며 풍류를 즐기고 있었다.

자신의 그러한 일상을 뒤늦게 빠진 SNS에 수시로 올리고 있었다.

구설수에 오르내릴 법도 하건만, 자기 관리에 철저한 배우라서 그런지 큰 문제는 일으키지 않고 있었다.

"여기 언제까지 있지?"

"폐막식까지는 있을 예정이에요."

"그래. 그럼 조만간 한잔하자고. 난 파이브 시즈에서 앞으로 보름 동안 있을 예정이니까 언제든 연락하게."

파이브 시즈.

시내 중심에 있는, 수영장이 좋기로 이름난 5성급 호텔이다.

그는 다시 여자들을 끼고 호탕하게 웃으며 갈 길을 갔다.

"우, 우오오오오. 이거 실화냐? 서, 섬 피어스를 눈앞에서

보다니! 그리고 대화를 나누다니!"

홍구가 호들갑을 떨었고 나머지 일행도 잔뜩 들뜬 듯했다.

고서윤만 무표정한 얼굴로 떠나가는 할리우드 배우의 등을 주시할 뿐이었다.

"이런 데서 저렇게 대놓고 여자들을 데리고 다니다니, 남들 눈을 신경 쓰지 않는 스타군요."

"살날이 얼마나 남았다고 그런 거 의식하겠어? 이혼도 했겠다, 돈은 넘쳐나겠다, 이제부터 즐기는 거지."

"할리우드 배우들의 신상에 대해 잘 아시는군요."

그의 말에 태웅은 헛기침을 했다.

"이 정도는 기본이지. 고 매니저도 얼른 공부해 둬. 우리도 머지않아 할리우드 갈 테니까."

"할리우드? 진짜?"

태선의 눈이 휘둥그레졌다.

절대로 못 믿겠다는 얼굴이다.

"그럼. 이번 칸에서 이 오빠는 세계인의 주목을 받을 거다. 그리고 바로 할리우드로 화려하게 입성하는 거지. 아마 올해 말쯤이 되지 않을까 싶구나."

그의 말에 윤철과 홍구가 키득거렸다.

'이것들이… 웃어?'

태웅의 싸늘한 눈빛에도 둘은 아랑곳하지 않았다.

"태웅아, 아무리 그래도 할리우드는 좀……."

"난 물론 너를 믿어. 하지만 올해 안은 좀 무리야. 여유 있게 생각하자. 응?"

그러면서도 웃음기가 가시지 않는 둘을 본 태웅은 오기가 솟았다.

"내가 올해 안에 꼭 가고 만다. 이것들아."

*   *   *

마침내 대망의 칸 영화제 개막식이 열리는 날.

정장과 보타이를 차려입은 태웅은 '결심, 하다' 팀과 함께 입장하여 레드 카펫을 밟게 된다.

공식 행사는 오후 7시.

행사장 근처로 몰려든 인파들로 인해 주변 거리는 발 디딜 틈 없었다.

뤼미에르 극장 주변으로 레드 카펫이 잔디처럼 넓게 깔려 있었고, 각국 취재진들은 저마다 경쟁하듯 몸싸움을 벌이며 최고의 사진을 담기 위해 안간힘을 쓰고 있었다.

개막작은 프랑스 영화 '라 마르 라 마르'라는 작품으로, 최고의 여배우라고 불리는 모니카 벨루치가 주연을 맡아 2차 대전 당시의 파리에 살고 있던 한 시인의 인생을 그린 작품이었다.

개막식과 폐막식 사회자는 역시 유명 여배우 나탈리 포트만이 맡았는데, 그녀와는 전생에서 '스타워즈' 시리즈에 함께 출연할 뻔했던 인연이 있었다.

스타워즈 시리즈의 오랜 광팬으로 신작에 꼭 출연하고 싶었으나 당시 제작자와 감독은 완전히 새로운 얼굴을 원했고, 그때 한창 세계 최고의 배우로 이름을 날리고 있던 그는 제외되어 버리고 말았던 것이다.

'그때 감독을 찾아가서 또 한바탕 했었지…….'

아련한 추억을 떠올리며 그는 미소를 지었다.

"이런 날이 오다니 참 마음이 싱숭생숭하네."

함께 차 뒷좌석에 탄 배준화 감독은 감회에 젖은 듯 떨리는 목소리로 말했다.

나름 충무로에서 오랜 시간 뒹굴었지만, 이상하게도 칸과는 인연이 없었다.

그런 그가 이번에 연출한 영화가 경쟁 부문에 진출하게 되었고, 꿈꾸던 레드 카펫을 밟게 된다.

"이게 다 태웅이 덕분이야. 내가 여한이 없네."

홀쩍거리는 소리에 태웅은 옆을 보곤 화들짝 놀랐다.

"감독님? 울어요?"

주름이 가득한 그의 눈가는 이미 홍건해져 있었다.

"고마워, 정말. 흐흐흑."

"좀 있으면 도착인데 울면 어떻게 해요? 빨리 이걸로 닦아요."

그는 주머니에서 손수건을 꺼내 감독의 얼굴을 마구 문질렀다.

"어푸, 어푸푸."

"에이 씨, 누가 보면 차에서 때린 줄 알겠네."

역시 함께 탄 메이린이 킥킥거리며 핸드폰을 들어 그 모습을 찍어댔다.

"이건 왜 찍어요?"

"그냥 웃기잖아요. 아빠가 보면 좋아하겠다."

"찍지만 말고 같이 좀 닦아요! 에잇."

정신없는 와중에 그들이 탄 차는 어느새 개막식 현장에 도착했다.

                    *   *   *

찰칵찰칵—

행사장 입구에 도착하자 열화와 같은 함성이 들려왔다.

늘어선 야자수와 바다가 한눈에 보이는 뤼미에르 극장 주변은 헤아릴 수 없이 많은 각양각색의 사람들이 보였다.

"우리 태웅이가 이런 자리에 서다니… 정말 대박이다."

멀찍이서 이 광경을 지켜보던 윤철이 눈물을 글썽였다.

태선 역시 멍하니 오빠의 모습을 지켜보고 있었다.

속도 많이 썩이고 걱정하게 만든 오빠였지만 오늘만큼은

너무나 자랑스러웠다.

'엄마, 아빠 잘 보고 있지? 저 바보가 완전 출세했어.'

차에서 내린 태웅은 쏟아지는 플래시 세례에 손을 들어 화답했다.

여러 번 참석해 본 것처럼 자연스럽게 행동하는 폼이 마치 베테랑 월드 스타같이 보였다.

'왜 저렇게 능숙하지?'

칸은 처음인 메이린도 나름 긴장하여 두리번거리는데 태웅만 혼자서 자연스럽게 레드 카펫을 밟으며 자신과 배준화 감독을 챙기고 있었다.

'카펫 색깔이 조금 연해진 것 같은데?'

자기 집 카펫 밟듯 레드 카펫을 밟아온 태웅은 늘어지게 하품이라도 하고 싶은 기분이었다.

워낙 자주 와서인지 감흥이 없기도 했고, 앞으로 기자들 앞에서 포즈를 취하고 사진을 찍고, 사회자의 멘트를 듣는 과정이 이미 다 예상이 되었기 때문이었다.

'개막작 상영하면 한숨 자야겠다. 나한테 카메라 좀 안 비추었으면 좋겠는데.'

물론 그럴 때를 대비해 선글라스를 구비해 왔다.

개막작이 시작하면 선글라스를 끼고 자버리면 되니 아주 편리하다.

'그런데 지금은 저 사람이 선글라스가 필요할 것 같은데.'

행사장으로 오는 차 안에서 질질 짜는 바람에 눈이 붕어처럼 통통 부어버린 배준화 감독은 우스꽝스러운 얼굴로 고스란히 카메라에 드러내는 중이었다.

어찌나 서럽게 우는지 나중에는 놀리던 메이린까지 함께 다독거려 줄 정도였다.

'자기 잘못이지 뭐 어쩌겠어.'

나란히 기자들을 향해 서서 포즈를 취한 후 '결심, 하다' 팀은 극장 안으로 들어섰다.

"아, 들어갔다. 들어갔어."

"그러게. 금방 지나가는구나. 너무 아쉽다."

태선과 윤철, 고서윤은 연신 아쉬운 듯 안타까움을 표시했다.

행사장을 향해 이동하며 셋은 뭔가를 빼먹은 듯 연신 고개를 갸웃했다.

'이상하다. 뭐가 하나 더 있었던 것 같은데……'

태선이 고서윤의 어깨를 툭 치며 물었다.

"고 매니저님, 우리 뭐 잊은 거 없어요?"

"무슨 문제라도?"

"문제가 아니라… 지금 이렇게 나오면 안 되는 것 같은데."

"제 기억으로는 하등의 문제는 없습니다만."

"그래요? 이상하다."

"네가 정신이 없어서 그래. 맨날 한집에서 지지고 볶던 오빠가 칸의 배우로 레드 카펫을 딱! 밟으니까 응? 막 꿈같고 그렇지? 하하하."

윤철이 귀엽다는 듯 태선의 볼을 꼬집었다.

현장의 분위기에 도취되어 얼굴도 새빨간 것이 술이라도 한 잔 걸친 사람 같았다.

"에이 씨! 아파!"

태선은 툴툴거리면서도 자꾸만 드는 찜찜한 기분을 지울 수 없었다.

'정말 이상하네. 기분 탓인가?'

왕이반 감독과 함께 차에서 내린 홍구는 한껏 고개를 치켜들고 황홀한 기분을 만끽했다.

"칸아. 내가 왔다."

지금껏 겪어왔던 수많은 일들이 주마등처럼 눈앞을 스쳐 지나갔다.

스턴트맨으로 고생했던 나날들, 배우로 전향하고 캐스팅이 되지 못해 기나긴 나날 운전만 했던 시간들. 그리고 처음 보는 남성들과 맨살로 애정 연기를 펼쳐야 했던 힘든 순간들……

하지만 이제부터는 다를 것이다.

숱한 고생을 보상받을 시간이 왔다.

'이게 바로 전설의 시작이지. 태웅아, 윤철아, 태선아. 다들 보고 있나? 내 멋진 모습을?'

*   *   *

심사 위원장을 맡은 알폰소 쿠아론 감독을 필두로, 9명이 심사 위원이 포진한 이번 칸 영화제는 한국의 두 작품이 경쟁 부문에 진출하면서 작은 화제가 되고 있었다.

게다가 두 작품 모두 주역으로 출연한 배우, 김태웅에 대한 관심도 적지 않았다.

"정말 신기한 배우야. 아직 신인이라고 들었는데 이렇게 선 굵은 연기를 하다니."

"나도 봤어요. 두 작품 모두 대단한 배우들이 나오는데, 그 중에서도 단연 최고더라고요."

"근데 왠지 어디서 본 것 같아요. 어디서 봤다는 게 흔해 빠진 연기를 한다는 게 아니라 왠지 누군가와 이미지가 겹친단 말이에요. 근데 그게 누군지 모르겠네요."

"맞아! 나도 그런 느낌 받았는데. 도대체 누구랑 비슷한지 생각이 안 나더라고."

심사 위원들은 머리를 싸매고 고민했지만 결국 해답을 찾는 데 실패했다.

"'우상'의 주연은 오영홍이지. 이 배우 요즘 할리우드에서 보이던데, 정말 대단한 배우야. 나도 그래서 기대를 하고 봤는데 이상하게 이 김태웅이라는 배우 연기만 기억에 남아. 그렇지 않아?"

"그러니까요. 잔상 효과라고나 할까? 어떤 영화를 봤을 때 그 배우밖에 생각이 안 나는 거. 그런 게 있는 배우예요."

"'결심, 하다'에서는 원톱으로 나오는데, 촬영 중 실제 조난을 당했었다고 하더라고. 그런데도 무사히 살아남아 영화 촬영을 마쳤으니 거의 인생이 영화인 셈이야."

이후 다른 참가 작품에 대한 이야기들도 나왔지만, 무엇보다 심사 위원장 알폰소 쿠아론의 시선을 사로잡은 배우는 바로 태웅이었다.

강렬하면서도 섬세하고, 한 번 보면 잊을 수 없는 거대한 흡인력을 가진 배우가 아닐 수 없었다.

'작업 한번 꼭 같이해 보고 싶은 친구야.'

*　　　*　　　*

강지나는 화려한 칸의 정경을 마음껏 만끽하고 있었다.

할리우드에 있었던 때부터 꿈꿔왔던 칸 영화제에 드디어 왔다.

소속사 배우가 참가하여 함께 온 것뿐이었지만, 그것만으로도 기쁘기만 했다.

"대표님. 저 너무 사주시는 거 아니에요?"

"지니 씨 때문에 왔으니까 맘껏 쇼핑해요. 오늘은 내가 쏠 테니까."

"우와! 대표님 짱!"

유지니가 신이 나서 여기저기 눈을 돌렸다.

유럽, 그것도 영화제 시즌의 칸에서 쇼핑하는 재미는 남다른 데가 있었다.

평소 딱히 명품에 큰 관심을 가지지 않았던 그녀였지만 오늘따라 원 없이 기분을 내고 싶은 마음에 매장마다 들어가서 입어보고 사진을 찍었다.

"다음에는 주연배우가 되어 오고 싶어요."

태웅과 마찬가지로 두 작품이 칸에 진출한 것은 큰 영광이었다.

하지만 그녀는 그와는 달리 두 작품 모두 조연.

그렇다 보니 아쉬운 마음이 컸다.

"걱정 마. 다음에는 내가 칸의 여왕으로 만들어줄게."

칸 영화제에서의 수상은 배우로서는 평생의 영광이 아닐 수 없다.

주연으로서 수상한다면 그 영광은 더욱 값질 것이다.

"그런데 대표님 기분 너무 좋으신 거 아니에요?"

"그런가? 호호호."

이상하게 얼마 전부터 침울하던 강지나의 기분이 눈에 띄게 좋아졌다.

처음에는 자신의 칸 영화제 진출 때문인가 싶었지만, 뭔가 다른 이유가 있는 것 같기도 했다.

"아 참, 조금 있다가 여기 매체에서 인터뷰 있는 것 알죠? 김태웅 씨랑 같이."

"맞다. 까이에 뒤 시네마인가? 유명한 데죠?"

"네, 아주 전통 있는 영화 잡지예요."

신나게 쇼핑을 하고 맛있는 레스토랑에서 점심까지 먹은 두 여자는 숙소로 돌아가 인터뷰 준비를 했다.

"그런데 넌 프랑스어까지 할 줄 아는 거야?"

능숙하게 사람들에게 길을 묻는 고서윤을 보며 태웅은 다시 한번 혀를 내둘렀다.

"별로 어렵지 않습니다. 학교에서 제2외국어로 배우기도 했고요."

어쨌든 덕분에 통역도 필요 없어서 태웅은 무척 편했다.

"진짜 둘만 가서 괜찮겠어?"

윤철의 말에 태웅은 고개를 끄덕였다.

"당연하지. 근데 너 강지나 대표 얼굴 볼 수 있냐?"

"아니 뭐, 나야 상관없지."

말과 달리 쭈뼛거리는 폼에 태웅은 피식 웃었다.

"그냥 있어라. 어차피 쟤도 인터뷰한다며."

홍구 역시 프랑스 퀴어 잡지와의 인터뷰가 잡혀 있었다.

들뜬 것도 문제지만 어쩔 줄 몰라 안절부절못하는 폼이 옆에 꼭 누가 챙겨줘야 할 것 같았다.

"강 대표한테 내가 정말 미안했다고 전해줘."

"알았다."

사실 이쪽이 철거 현장에서의 일로 미안할 건 전혀 없었다.

애당초 용역들이 먼저 폭력을 휘두른 것이고, 이쪽은 스스로를 지킨 것뿐이다.

그럴 일은 없겠지만, 강지나가 그때 일을 따지고 든다면 할 말은 당연히 할 것이다.

*　　　*　　　*

"안녕하세요. 오랜만입니다."

태웅은 강지나에게 손을 내밀었다.

그녀는 쑥스러운 듯, 하지만 따뜻한 눈빛으로 그를 마주보며 손을 잡았다.

"오랜만이에요. 잘 지내셨죠?"

"물론입니다."

"전 안 물어보세요?"

"아아… 잘 지내셨어요?"

"치. 전 그냥 그랬어요."

"왜요? 무슨 일 있으셨어요?"

'당신 때문에 문제였지.'

강지나는 그의 질문에 대답하지 않고 살짝 미소만 지었다.

사건 직후 할아버지인 강부식 회장에게 불려간 그녀는 더이상 태웅과 가까이하지 말라는 말을 들었다.

하지만 그녀는 처음으로 할아버지의 말에 단호한 거절의 뜻을 밝혔다.

이치상 맞지 않으며, 도리어 이쪽에서 사과해야 한다는 말이었다.

할아버지는 차마 입 밖에 내진 않았지만 그녀가 혹시 태웅에게 이성으로서 관심을 가지고 있는 게 아닌가 걱정하는 기색이었다.

그러한 마음을 알면서도 그녀는 할아버지의 우려를 가라앉혀 줄 마음은 없었다.

누구와 만나든 그건 성인인 자신의 몫이었다.

아무리 막강한 힘을 가지고 있는 할아버지라고 하더라도 그 부분에 대해 자신에게 이래라저래라 할 권리는 없었다.

"지난번 일은 진심으로 사과드릴게요. 계약이 엎어진 것은 태웅 씨에게 혹시나 피해가 갈까 싶어서 어쩔 수 없었어요."

"아뇨. 저도 부주의한 부분이 있었습니다. 그리고 계약 건은 계속하는 것도 이상한 상황이었고요."

간단한 몇 마디로 서먹함을 푼 둘은 이내 다시 화기애애한 말을 주고받았다.

"그나저나 여기 정말 볼 게 많아요. 프랑스에서도 칸이 가장 재밌는 것 같아요."

"그래요? 난 좀 지겹던데."

"지겹다고요? 처음 와보신 것 아니에요?"

"아… 지겹다기보단 따분하다고나 할까요? 사람도 너무 많고 식당도 오래 기다려야 되고……."

"호호. 그게 무슨 아저씨 같은 말이에요. 그렇게 먹어야 또 기억에 남는 거지."

한참 동안 즐겁게 서로 대화를 나누다 보니, 고서윤과 유지니가 두 사람을 빤히 쳐다보고 있었다.

"왜? 왜 그렇게 봐?"

"그냥 두 분께서 무척 친하신 것 같아서 그렇습니다."

"그러게요. 대표님이랑 태웅 씨랑 이렇게 친한 줄 몰랐어요."

그들의 말에 강지나의 얼굴이 빨개졌다.

태웅 역시 자신이 그토록 정신없이 그녀와 잡담을 나눴다는 사실이 신기했다.

그때 마침 어색함을 깨는 목소리가 들려왔다.

"반갑습니다. 까이에 뒤 시네마 잡지사의 로랑 코벳입니다."

짧은 머리에 수염이 덥수룩한 샤프한 외모의 젊은 서양 남자가 다가와 능숙한 영어로 인사를 건넸다.

그와 동행한 살집 있는 남자는 사진기자인 것 같았다.

"김태웅입니다."

"유지니예요."

인터뷰의 주인공인 두 배우는 로랑과 악수를 나눴다.

"칸의 시선이 두 분에게 집중되고 있는 것 같은데요. 알고 계시나요?"

사람 좋아 보이는 그가 자리에 앉자마자 덕담을 건넸다.

"그래요? 우리는 말이 안 통해서 여기서 무슨 말을 하는지 잘 모릅니다. 하하하."

"전 알고 있었어요. 우리 배우들이 사람들 입에 많이 오르내리는 걸."

외국어를 못하는 유지니를 대신해 강지나가 대신 대답했다.

로랑은 강지나를 보고 깜짝 놀랐다.

그녀에게 받은 명함에 써 있는 직함은 기획사 대표.

하지만 옆에 있는 유지니보다 훨씬 우아하고 눈에 띄는 외모를 지니고 있다.

"그럼 여기, 간단한 질문 목록이 있고요. 물론 러프한 거고 그때그때 다른 질문을 할 수도 있습니다. 그때는 편하게 대답해 주시면 되고요."

이윽고 두 사람의 합동 인터뷰가 진행되었다.

*　　　　*　　　　*

까이에 뒤 시네마 지의 인터뷰를 성공적으로 마친 후, 태웅은 잠깐의 휴식을 즐겼다.

뤼미에르 극장을 중심으로 세계 각지의 다양한 영화들이 상영되는 칸 영화제는 영화인들에게는 꿈같은 현장이었다.

욕망에 휩싸인 이들에게 있어서도 이곳은 화려한 전시장 같은 곳이다.

다양한 파티와 오디션이 열리고, 기업들의 판촉 행사 같은 것들도 셀 수 없이 많이 이어진다.

그 덕분에 일행들은 다양한 구경을 할 수 있었다.

"도대체 무슨 해변이 이래! 모델들만 모였나?"

태선이 지겹다는 듯 불평을 늘어놓았다.

평범한 해변과는 달리, 어디를 둘러보아도 패션쇼에서나 볼 법한 몸매를 가진 여자들로 가득하다.

물론 남자도 많지만 여자의 비율이 훨씬 높다.

"실제로 패션모델일걸?"

한낮에는 해변에서 피서를 즐기고, 오후가 되면 도시 곳곳에서 벌어지는 시사회를 보러 가는 것이 그날의 스케줄이었다.

이름만 들으면 알 만한 세계적인 기업들의 판촉 행사도 자주 보여서 지나가다 구경하기도 했다.

"내일 저녁은 '우상' 팀과의 파티가 있으십니다. 그다음 날은 '결심, 하다' 팀이고요."

현지의 스케줄을 완벽히 조율해 주는 고서윤 덕분에 태웅은 마음이 편했다.

"이런 데까지 와서 한국인들끼리 만날 필요가 있나."

"안 가실 겁니까?"

"가긴 가야지. 그럼 오늘 저녁은 없는 거지?"

"그렇습니다만… 다른 하실 일이 있으신가요?"

"섬 피어스랑 만나려고."

'007 시리즈'의 배우 섬 피어스.

해변에서 우연히 만난 옛 친구로, 그가 묵고 있는 파이브 시즈 호텔에서 만나서 한잔하기로 했었다.

"연락해 보겠습니다."

"아마 될 거야."

미리 선약을 하지 않았는데도 태웅은 걱정하지 않았다.

섬 피어스는 파티 같은 것을 좋아하는 성격이 아니었고, 아무런 계획도 없이 오직 휴양을 위해 칸에 즐겨 오곤 했다.

그래서 밤에 외출한다거나 약속을 따로 잡아 두진 않았을 것이다.

"가능하답니다. 밤 9시쯤 오면 좋겠다는군요."

"오케이."

예상대로였다.

＊　　　＊　　　＊

"오! 태웅. 정말로 연락을 주다니 놀랐는데? 대개 인사치레로 하는 말인데 말이야. 물론 난 늘 진정으로 하는 말이지만."

호텔 바에서 만난 섬 피어스는 화려한 스타이자 어마어마한 부자이지만 매니저만 대동하고 슬리퍼를 질질 끌며 나타났다.

동네 할아버지처럼 소탈하기 그지없는 모습이었다.

그는 인간적인 매력이 풍부한 전형적인 마초로, 전생에서는 자신에게 제임스 본드 역을 물려받으라고 제의하기도 했다.

"술을 아주 잘하신다길래. 한번 대보려고요."

"그래, 오늘 한번 진탕 마시고 취해보자고. 하하하."

할리우드에서도 소문난 주당으로 유명했던 그다.

주량이 어마어마하고 술을 좋아하지만, 다행히 술버릇이 깔끔한 편이었다.

세간에서는 그가 황혼 이혼을 한 이유가 술 때문일 것이라고 입방아를 찧었지만, 실은 그의 아내에게 다른 남자가 생겼기 때문이었다.

"한국의 배우가 나에게 술 대결을 제의하다니, 이렇게 재밌는 경우는 처음이네. 역시 이래서 내가 칸을 좋아해."

그는 어린아이처럼 환한 미소를 지었다.

이혼을 한 후 한결 마음도 편해지고 삶을 즐길 줄 알게 된 것 같았다.

"그래. 칸은 좀 어떤가?"

"활기차고 친근하고 좋네요."

"친근하다고? 와본 적이 있나보지?"

태웅은 말없이 빙긋 웃기만 했다.

"내가 들은 게 있는데 말이야. 심사 위원들 사이에서 자네에 대한 말이 자주 나오고 있는 모양이야. 그것도 꽤."

"수상 얘깁니까?"

"그래. 남우주연상 후보로 거론이 되고 있는 것 같던데. '우상'이나 '결심, 하다'가 상을 타기는 어려울 수도 있지만, 자네는 가능성이 있어 보여."

"그럴 리가요. 워낙 쟁쟁한 배우들이 많던데요."

그는 오랜만에 겸양을 떨어보았다.

"지켜보면 알겠지. 나도 자네 영화를 봤는데 정말 사람을 빨려 들게 하는 면이 있더구먼. 연기뿐만 아니라 뭔가… 스타성이라고 해야 하나?"

배우를 포함해 연예계에 발을 들이는 모든 이들이 꿈꾸는 재능, 바로 스타성!

할리우드 스타에게 그 얘기를 들었지만 그는 무덤덤하기만 했다.

"나중에 '007 시리즈'에 한번 나와 봐. 동양인 최초 제임스 본드도 나쁘지 않겠지. 하하하."

정말 신기한 일이었다.

그가 자신에게 또 제임스 본드 역할을 해보라는 말을 꺼내다니.

"섬. 당신 다음 작품을 빨리 보고 싶군요."

"신중하게 결정할 생각이야. 죽기 전에 하나쯤은 더 할 수 있겠지."

심드렁한 반응이다.

말은 하지 않지만 연기에 대한 열정을 잃은 것 같아 보이기도 했다.

"이젠 딱히 재미가 없어. 어차피 돈은 평생 펑펑 써도 될 정도로 있고, 뭐든 돈으로 살 수 있지. 여자는 물론 친구도 말이야. 옆에서 구박하거나 훼방 놓는 와이프도 없고. 그런데 뭐하러 골치 아프게 영화를 찍냔 말이야."

마티니 한 잔을 시켜 간단하게 시작한 술자리는 점점 하드코어하게 변해갔다.

위스키에 보드카까지, 센 술을 연달아 시키면서도 그는 멈춤이 없었다.

물론 브레이크 없이 달리는 것은 태웅 역시 마찬가지였다.

'숙취 해소제는 이미 충분히 구비해 뒀지.'

술이 센 편이지만 섬과 대작하기에는 턱없이 부족했기에, 태웅은 나름대로 비책을 준비했다.

'치명적 러브'에 출연하면서 얻은 '제약 회사 연구원' 능력으로 그는 숙취 해소제를 여러 개 만들었다.

미리 먹어두면 알코올이 거의 장에 흡수되지 않는 놀라운 효능의 약이었다.

"근데 정말 돈으로 친구를 살 수 있나요?"

불쑥 꺼낸 말에 섬이 어깨를 으쓱했다.

"물론이지. 하하하. 돈으로 살 수 없는 게 있나?"

"그렇죠. 친구와 사랑, 모두 돈으로 살 수 있군요."

"그렇지. 진정한 친구, 진정한 사랑 모두 다 허상 같은 말이지. 애당초 그런 건 세상에 있지도 않은 거야. 할리우드에 있다 보면 더더욱 잘 알게 되지. 사랑과 우정, 꿈과 희망, 소중한 가족… 매일 그런 걸 다룬 영화를 찍어대는 할리우드지만 정작 거기에 그딴 건 존재하지도 않지."

겉보기와는 달리 취기가 꽤 오른 듯했다.

그림자처럼 바 한쪽 구석에 서 있던 매니저가 걱정스러운 눈빛을 보냈다.

그를 힐끗 보며 섬이 말했다.

"저 친구도 나랑 20년을 일했어. 하지만 그냥 좋은 파트너일 뿐이야. 이해관계로 이어져 있는 사이. 딱 그 정도지."

"지금껏 진정한 친구로 생각한 사람이 없었나요?"

"지금껏이라……."

태웅의 말에 그는 잠시 먹먹한 표정을 지었다.

"그나마 아주 멋진 녀석이 있었지. 그 녀석이랑은 나이도 인종도 성격도 달랐는데 이상하게 잘 통했어. 정말 특이한 놈이지."

다시 보드카 한 잔을 비운 그가 말을 이었다.

"그와 나는 둘 다 할리우드 최정상의 스타였지만 그것 때문에 친해진 건 아냐. 아마 내가 평범한 직장인이거나 공사판 인부, 혹은 노숙자였어도 그놈은 똑같은 태도로 나를 대했을 거야. 걔는 그런 인간이었어."

"그러기 쉽지 않을 텐데 대단하네요."

"좋은 친구지. 그리고 좋은 사람은 일찍 가는 법이기도 하고. 라이더 베스, 참 안타까워."

태웅은 씨익 웃었다.

"나도 당신을 참 좋은 친구라고 생각했어요. 섬."

이미 흐릿해진 눈의 섬이 고개를 갸웃했다.

"뭐라고? 자네 지금 뭐라고⋯⋯."

"술 좀 줄이라니까. 그리고 낸시랑은 진작 이혼하랬잖아요. 물론 내가 이런 말할 처지는 아니지만."

그는 자신의 눈을 비볐다.

그러고는 힘껏 고개를 저었다.

"이런 제기랄. 술이 이렇게 약해졌나? 이젠 환청이 다 들리네. 이봐, 자네. 지금 뭐라고 했지?"

"내가 당신을 찾아온 건 몇 가지 물어볼 것이 있어섭니다."

"하. 라이더, 그래. 이렇게라도 옛 친구하고 대화를 나눌 수 있다니 나쁘진 않네. 어차피… 환각이겠지만."

"시끄럽고, 엘런 요즘 뭐 해요?"

"엘런? 자네 매니저 말이구먼."

"그래요. 내 매니저."

"자네가 물려준 재단 운영하고, 다른 배우와 함께하고 있지."

"다른 배우? 또 매니저를 한다는 거예요?"

"매니저라고 하기보다는 키우는 수준이지. 아예 자기 에이전시도 차렸고. 요즘 한창 뜨고 있는데 모르나? 엘리온 보나파르트라고."

"엘리온 보나파르트?"

왠지 귀에 익은 이름이다.

하지만 누군지는 정확히 떠오르지 않았다.

"신인인가요?"

"그렇지. 나이는 그렇게 어리진 않은데 어디서 나타났는지 모르지만 연기력이 대단해. 스타성도 충분하고."

"흐음……."

할리우드 영화를 너무 못 본 지 오래된 것 같다.

"암튼 에이전시를 차렸단 말이죠? 이름이 뭔가요?"

"ALA. 엘런 라이더 에이전시(Allen—Lyther Agency)라던데."

"하……."

뭐 저런 낯부끄러운 이름을!

태웅은 기가 막혔지만 어쨌든 엘런과 연락할 수 있는 방도를 찾게 되어 만족이었다.

"알려줘서 고마워요. 그런데 정말 술이 약해진 모양인데요?"

"내 주량의 원천이 와이프의 잔소리였나 봐. 사실 예전 같진 않지. 하하하."

그는 또다시 술잔을 입으로 가져가며 물었다.

"그런데 왜 그렇게 죽은 거야? 아무리 말년에 개차반이었다지만 가까운 사람들에게 도움을 청할 수도 있었을 텐데."

섬의 말에 태웅은 씁쓸해졌다.

사람은 누구나 어쩔 수 없을 때가 있는 법이다.

"쓸데없는 소리 말고 다음 영화는 꼭 멜로를 찍어봐요. 이혼하면 할아버지 주인공을 내세운 멜로 영화를 꼭 찍고 싶다고 했잖아요."

"멜로 좋지. 나도 '메디슨 카운터의 다리'나 '이보다 더 좋을 순 없다' 같은 거 찍고 싶다고."

"그래요. 기대할게요."

"그럼 자네도 제임스 본드 찍는 거지? 난 동양계 배우의 제임스 본드를 정말 꼭 보고 싶었다고."

"아니, 무슨 007에 지분 있어요? 또 그 얘기야."

두 사람은 예전처럼 다시 친구로 돌아가 즐겁게 이야기를 나눴다.

태웅은 섬이 일정 주량을 넘어서면 필름이 끊긴다는 사실을 알고 있기에, 편하게 마음속 말을 꺼내놓을 수 있었다.

한 시간 후—

마침내 그가 테이블에 얼굴을 박고 쓰러지자, 매니저가 황급히 다가왔다.

"객실로 데려가야 할 텐데, 혼자선 무릴 테니까 도와줄게요."

매니저 역시 낯이 익은 인물이었다.

"당신 정말 대단하군요. 섬이랑 대작해서 그렇게 멀쩡하다니."

감탄한 듯한 매니저의 말이었다.

그도 나이가 꽤 먹은 사람이었기에 거구인 데다가 완전히 늘어진 섬을 혼자 옮기기는 무리일 것이다.

결국 두 사람은 30분을 씨름한 끝에 힘겹게 섬을 객실 침대에 눕힐 수 있었다.

*   *   *

다음 날 아침, 태웅은 칸의 해변에 위치한 어느 클럽을 찾았다.

어제 섬에게 들은 정보에 따르면, 할리우드의 유명 제작자 칼리드 유스테판은 이곳에서 망중한을 즐기는 중이라고 했다.

임시로 울타리를 치고 엄격하게 출입을 통제하는 그들만의 파티.

"초대를 받으셨습니까?"

"아니요."

파티가 열리고 있는 클럽 입구에 서 있던 남자의 눈꼬리가 치켜 올라갔다.

"초대를 받으신 분만 들어오실 수 있습니다. 어떤 분이든 예외는 없습니다."

"초대는 없지만 섬이 자기 대신 가달라고 하던데요. 여기 메시지가 있습니다."

자기 명함에 대충 휘갈겨 쓴, 지렁이 같은 섬의 글씨를 본 문지기의 표정이 묘해졌다.

올해 칸의 남우주연상을 예약한 친구입니다. 나보다는 훨씬 재미가 있을걸요.

—당신의 친애하는 늙은 친구 섬 피어스—

"조금만 기다리시죠."

문지기의 뒤에 서 있던 다른 남자가 메시지가 적힌 명함을 들고 안으로 들어갔다.

잠시 후, 무전을 받은 문지기는 마뜩잖은 얼굴로 태웅에게 길을 열었다.

"들어가시죠. 칼리드의 파티에 오신 걸 환영합니다."

*   *   *

반짝이는 금발을 푸들처럼 치렁치렁하게 얼굴 양옆으로 늘어뜨린 중년의 남자가 의자에 앉아 바다를 바라보며 따분한 표정을 짓고 있었다.

보디가드인 듯한 검은 정장을 입은 흑인 남자 한 명이 그의 옆에서 연신 날카로운 눈빛을 쏘아대고 있었다.

그가 이곳 칸에 온 가장 큰 이유는 유명 배급 업자를 만나기 위해서였다.

하지만 상대의 사정으로 비행기는 하루 늦게 출발했고, 그 때문에 하루를 공치게 된 것이다.

그 정도의 위치가 되면, 아무 용무 없이 칸에 하루 머무는 것은 고역이다.

그의 정체를 아는 수많은 프로듀서와 감독, 배우 지망생, 시나리오 작가가 접근해 오기 때문이었다.

점잖게, 때론 노골적으로 거절하다 보면 내가 왜 이 짓을 하고 있나 자괴감까지 들 정도로 귀찮아졌다.

그래서 그가 생각한 것은 아예 VIP만 출입하는 파티를 열어버리는 것이었다.

어차피 칸에서 그럴싸한 새 얼굴을 찾을 일은 없다.

할리우드에 있는 자기 사무실에 앉아만 있어도 뛰어난 선구안을 갖춘 아랫사람들이 고르고 고른 작품, 감독, 배우, 시나리오들이 음식처럼 그의 앞에 진열된다.

그는 결재만 하면 된다.

힘 있는 배급사들과 손을 잡고 있었고, 괜찮은 작품을 선별해 최대한 많은 극장에 꽂아 넣기만 하면 그의 임무는 끝이다.

"섬 이 자식, 보나마나 어제 술 마시고 뻗었겠지. 그런데 안 오면 그만이지, 대타를 보내? 정말 미친 거 아냐?"

명함에 쓴 글씨를 보고 그는 어이가 없었다.

제대로 알아보지도 못하게 쓴 것이 보나마나 술 취해서 아무한테나 끄적인 게 틀림없다.

명함 받은 녀석은 얼씨구나 했겠지.

별 볼 일 없는 배우 지망생이라면 잭팟이라도 터졌다고 생각했을 것이다.

하지만 어림없는 소리.

자신은 그렇게 호락호락한 사람이 아니다.

"내 근처엔 얼씬도 못하게 해."

그가 보안 요원들에게 내린 명령이었다.

해변이 잘 보이는 곳에 위치한 그의 자리 주변은 별개의 울타리가 처져 있었다.

그리고 그곳은 그가 직접 고용한 보안 요원들이 아무도 접근하지 못하도록 둘러싸고 있었다.

한동안 그는 평화롭게 칵테일 한 잔을 천천히 마시며 여유를 만끽했다.

그때 바깥이 소란스러워졌다.

"무슨 일이야?"

평온이 깨지자 칼리드는 짜증이 났다.

"그 동양인인데요?"

"엥?"

파티장 안에 사람들이 몰려 있었다.

아무래도 문제가 생긴 듯했다.

무전을 받은 보디가드가 입을 열었다.

"싸움이 일어난 것 같습니다. 여자 문제인 것 같은데요."

"이런 젠장. 둘 다 내쫓아 버려."

"그게… 상대가 라울러예요."

"라울러 홈즈? 망할… 어디 마취총이라도 구해올 데 없나?"

아는 사람은 닥치는 대로 초대장을 보내다 보니 그만 그 망나니도 파티에 부르고 말았다.

평상시에 얌전하지만 여자와 술만 엮이면 사고를 치는 할리우드의 망나니, 라울러 홈즈!

미식축구 선수 출신의 거한으로, 맛이 간 그를 막으려면 장정 서너 명이 달려들어도 부족했다.

수많은 폭행 사건에 연루되고, 영화 촬영장에서 상대 배우와 주먹다짐을 벌여 병원으로 보내기도 한 문제아.

그와 시비가 붙은 동양인이라니…….

아무리 듣보잡 어중이떠중이라고 해도 이곳에서 반병신 만들었다는 소릴 들을 순 없지 않은가?

"빨리 막아! 라울러 그 자식 인간 흉기 같은 놈이라고!"

          *   *   *

이럴 생각은 아니었다.

무시하는 듯한 시선을 받으며 입장한 태웅은 자신이 동물원 원숭이가 된 듯한 기분이 사로잡혔다.

'하긴, 옛날에도 이랬었지.'

동양인은 백인들의 세계에서는 원숭이나 다름없다.

어딜 가도 인종차별은 존재한다.

극복하기 위해서는 오로지 실력뿐.

승승장구하며 그는 멸시와 조롱의 시선을 찬탄과 동경으로 바꿨다.

전생에서와는 달리, 지금은 절대적이고 완벽한 외모의 보유자가 아닌 그저 배우로서 준수한 수준의 미남일 뿐이다.

그렇기에 월드 스타가 되는 것은 한결 더 어려울 것이다.

'뭐, 이 정도 난이도는 되어야 재밌는 거 아니겠어?'

오히려 더욱 어깨를 당당히 펴고, 고개를 높이 들고 걷던 그는 이름난 할리우드 배우들을 발견하곤 반가운 기분이 들었다.

코흘리개에 불과했던 녀석들이 벌써 이렇게 성장해서 스타랍시고 거들먹거리고 있다.

'내가 잘나갈 때는 눈도 마주치지 못하던 녀석들이군.'

인기에서도 외모에서도 화제성에서도 그는 단연 최고였었다.

그리고 똘끼와 사건 사고 역시 최고였다.

물론 그 말고도 반쯤 미친놈들이 넘쳐나긴 했다.

그중 하나가 바로 저 앞에 보인다.

'라울러잖아? 저 자식은 여전하네.'

올해 서른쯤 되었을 라울러 홈즈는 배우로 데뷔한 지는 그리 오래 되지 않았다.

미식축구 선수 출신 백인으로 190센티미터가 넘는 키에 전성기 아놀드 슈월츠네거를 연상시키는 육체파 배우였다.

사고만 덜 쳤다면 터미네이터 시리즈의 신작에 출연했을, 강철 같은 이미지의 액션 배우다.

'오랜만에 보니 또 놀려주고 싶어지네.'

전생에서는 성난 황소 같은 녀석을 신나게 약 올린 후, 정신 못 차리고 덤벼들 때 한 방에 기절시킨 적이 있었다.

그때 이후로 라이더 베스라면 치를 떨고 슬슬 피해 다닌 녀석이다.

호랑이 없는 곳에 여우가 왕이라고, 자신이 죽은 후로는 '이 구역의 미친놈은 나다!'며 설치고 다녔다고 했다.

'참자. 이번에는 다른 목적이 있으니까, 괜히 시끄럽게 굴어서 쫓겨나면 안 돼.'

그가 어젯밤 맛이 간 섬을 살살 꼬드겨서 자신을 대신 보내게 한 데에는 이유가 있었다.

할리우드 스타 제작자, 손대는 작품마다 대박을 터뜨리는 마이더스의 손 칼리드 유스테판이 바로 이곳, 칸에서 하루 동안 시간이 빈다는 사실을 알아냈던 것이다.

단번에 할리우드 영화에 캐스팅되고 싶은 그에게 있어 더할 나위 없이 좋은 기회가 아닐 수 없었다.

칸이 아니고서야 지금 그의 위상으로는 할리우드 일류 제작자를 만날 기회가 생기기에는 요원한 일이었다.

물론 단번에 주연을 맡을 생각은 없다.

비중 있는 조연만 꿰찬다면 충분하다.

그다음부터는 스크린에서 주인공이든 뭐든 압살해 버리면 된다.

중요한 것은, 허접한 영화에 캐스팅되면 안 된다는 것이다.

완성도 있는 시나리오와 제대로 된 연출, 그리고 흥행을 이끌 수 있는 티켓 파워를 가진 배우가 출연해야 한다.

그런 영화를 입맛대로 고르기 위해서는 평범한 다른 배우들처럼 앉아서 제의가 오기를 기대하고 있을 수는 없는 것이다.

기회는 쟁취하는 것!

그것이 바로 그가 살아온 방식이었다.

"어이, 원숭이. 넌 뭔데 여기서 돌아다니고 있냐?"

태웅은 잠깐 동안 멍하니 있던 자신을 책망했다.

이런저런 생각에 잠겨 있는 동안 그의 옆자리에는 매력적인 라틴계 여자 하나가 흐트러진 자세로 앉아 있었고, 그녀를 열심히 꼬드기던 라울러 홈즈가 눈앞에서 주먹을 들이대고 있었던 것이다.

늘어져라 하품을 한 태웅은 귀찮다는 듯 자리를 피했으나, 라울러가 대뜸 그의 뒷덜미를 잡아챘다.

"대답을 해야지, 원숭이. 내가 점찍은 여자 옆에서 왜 똥파리처럼 맴돌고 있냐고."

"이거 좀 놓지?"

"하하하. 네까짓 게 나한테 명령하는 거냐?"

태웅은 깊은 한숨을 쉬었다.

이쯤 되면 아무래도 가는 곳마다 풍파에 휘말릴 운명인 것 같다.

"셋 셀 동안 놓지 않으면… 아니다. 그냥 큰일 나라."

라울러는 순간 세상이 180도로 뒤집히는 진귀한 경험을 했다.

무슨 일이 일어났는지도 모르게 그는 모래사장 한복판에 처박히고 말았다.

"쿨럭! 쿨럭!"

모래를 뒤집어쓴 그가 연신 기침을 하자, 지켜보던 사람들이 웃음을 터뜨렸다.

평소 망나니 같던 그가 멋지게 당하자 통쾌해하는 것 같았다.

하지만 그들은 이내 걱정하기 시작했다.

저 미친 들소 같은 인간이 180센티미터 남짓의 호리호리한 동양인을 짓뭉개 버릴 것처럼 보였기 때문이다.

"갓뎀! 죽여 버린다!"

고함을 지르며 벌떡 일어난 라울러가 미친 듯이 태웅에게 달려들었다.

이번에도 능숙하게 옆으로 피한 태웅이 다리를 걸었고, 라울러는 또다시 모래에 처박히고 말았다.

철퍼덕!

"와아!"

사람들은 태웅의 멋진 기술에 감탄하면서도, 조마조마한 심정으로 싸움을 지켜보고 있었다.

'도대체 뭐야? 내가 지금 헛것을 보고 있나?'

보디가드들과 함께 싸움 현장에 나타난 칼리드는 두 눈을 비볐다.

자신이 보고 있는 광경이 도저히 믿겨지지가 않았다.

체구도 훨씬 작은 멸치 같은 동양인이 인간 병기 같은 백인 괴수 라울러를 숫제 희롱하다시피 가지고 놀고 있다.

라울러는 벌써 모래사장에 몇 번을 처박혔는지 셀 수 없을 정도였고, 옷 사이로 모래가 우수수 떨어지고 있었다.

그에 비해 동양인은 숨 하나 헐떡이지 않고 여유만만한 얼굴이었고, 중간중간 따분하다는 듯 하품까지 하고 있었다.

"빌어먹을 원숭이 새끼가… 치, 치사하게 도망이나 치고……."

"네가 느려 터져서 못 잡는 걸 왜 내 탓을 해? 그렇게 굼뜨게 덤비면 어디 잡히려고 해도 잡힐 수나 있겠어?"

"비겁한 새끼… 제대로 한판 붙자. 얍삽하게 계속 이런 식으로 튈 거냐?"

라울러는 어지간히 분한 듯 이를 갈았다.

태웅은 그의 말에 피식 웃었다.

"정면으로 붙으면, 네가 나를 이길 수 있을 것 같냐?"

"당연하지! 쥐새끼 같은 놈아."

"좋아. 어디 아메리칸 스타일로 한번 해보자."

태웅은 다리를 어깨 넓이로 벌린 채 멈춰 선 후, 라울러에게 들어오라는 듯 손가락질을 했다.

"서로 한 방씩 주고받는 거야. 제자리에서. 이게 바로 네가 원하던 거지?"

'이게 웬 떡이냐!'

분한 마음에 지껄였던 말이 통하자 라울러는 쾌재를 불렀다.

계속 비겁하게 도망만 치던 쥐새끼를 한 방에 박살 내 버릴 것이다.

"좋다! 선방은 양보할 테니 어디 한번 해봐!"

저런 멸치 같은 몸으로 휘두르는 주먹은 백 대, 천 대라도 끄떡없다는 생각에 라울러는 자신만만하게 얼굴을 내밀었다.

가뿐하게 한 대 맞아준 후, 백 배 천 배 보복해 줄 심산이었다.

"네가 양보한 거니까 후회 마라."

태웅은 호흡을 고른 후, 이제는 몸에 완전히 익은 복싱의 라이트 훅 동작을 취했다.

'왼 다리를 축으로 허리 회전을 이용해 체중을 싣고… 하압!'

퍼억!

태웅이 날린 주먹이 라울러의 턱을 비스듬한 각도로 강타했다.

마하의 속도로 고개가 흔들리면서 백인 괴수의 뇌는 격렬한 진탕을 일으켰고, 두꺼운 다리가 맥없이 기역자로 꺾였다.

코끼리 같은 몸이 바닥에 처박히며 먼지가 피어올랐다.

맞기 직전 자신만만하게 웃던 표정 그대로 그는 눈부신 태양을 바라본 채 실신하고 말았다.

'이걸로 두 번째 실신시킨 건가?'

태웅은 그를 두들겨 팬 것이 몇 번째인지 세려다가 그만두었다.

정면에서 자신이 찾고 있던 인물이 입을 쩍 벌린 채 멍 때리고 있는 것을 보았기 때문이다.

'칼리드 에스테판! 하필이면 싸울 때 보다니……'

일이 꼬인 게 아닌가하던 태웅은 그에 대한 기억을 떠올리곤 오히려 잘됐다 싶었다.

재미있는 것과 깜짝 놀라는 것을 좋아하는, 권태에 빠진 이 스타 제작자에게 멋진 충격을 선사해 줬다는 사실 때문이다.

'쇠뿔도 단김에!'

태웅은 그대로 칼리드에게 다가갔다.

보디가드들이 그를 막아서며 소리를 질렀다.

"멈춰! 한 발짝만 더 가까이 오면 가만두지 않겠다."

"이 사람들 왜 이래, 좀 비켜봐."

보디가드들이 일제히 바리케이드를 치듯 도열했을 때, 뒤에서 낮고 굵은 목소리가 들렸다.

"비켜. 그냥 오게 놔둬."

그 말에 보디가드들은 주저하다가 홍해가 갈라지듯 양옆으로 나눠 섰다.

"당신… 김태웅이라고 했지? 섬 피어스의 소개를 받고
온……."

칼리드의 말에 대답하지 않은 채, 태웅은 그의 앞에 멈춰
섰다.

잡아먹을 듯한 눈빛에 압도된 칼리드가 뒤로 한 발짝 물러
섰다.

이윽고 거대한 동굴의 문이 열리듯, 태웅의 입이 열렸다.

"배역 하나만 줘봐. 죽이는 걸로."

                    *   *   *

칼리드 에스테판의 파티에서 일어난 활극을 전해 들은 섬
피어스는 지난밤의 숙취가 확 깨버렸다.

자신이 태웅에게 파티 소개장을 써준 기억이 어렴풋이 나
긴 했는데, 그런 일이 생길 줄은 몰랐다.

'하여튼 재미있는 친구야. 어떻게 그런 멧돼지를 한 방에 때
려잡을 수가 있지?'

라울러를 가지고 논 것은 그의 기억으로는 옛 친구인 라이
더 베스 정도뿐이었다.

그보다 센 사람은 사실 할리우드에 차고 넘쳤다.

하지만 막상 물을 흐리는 미꾸라지를 직접 나서서 때려잡

는 행동가는 많지 않았다.

'라이더라… 그런데 이상하다. 뭔가 그와 관련된 이야기를 나눈 것 같은데…….'

이 섬 피어스가 필름이 끊기도록 술을 마셨다.

매니저의 말로는 태웅은 아주 멀쩡했다고 했다.

아무리 술이 세다고 해도 자신과 똑같은 속도, 똑같은 양으로 마셨다.

인간이라면 도저히 완전히 멀쩡할 수는 없다.

'뭔가 말이 안 되는 녀석이야. 그리고 분명 어젯밤 중요한 이야기를 나눴어. 그런데 기억이 안 나네.'

답답하기 짝이 없었다.

궁금한 것은 못 참는 성격인 그는 꼭 다시 한번 태웅을 만나야겠다고 생각했다.

*   *   *

숙소에 돌아온 태웅은 일행에게 칼리드의 파티에서 있었던 일을 털어놓았다.

그의 말을 듣고 난 윤철의 눈이 휘둥그레졌다.

"그게 정말이야?"

"확답을 받았다니까. 새로 들어가는 히어로 영화의 영웅 하나를 준다고 했어."

마블이나 DC에서 제작하는 히어로 무비 프로젝트는 아니었지만, 여러 명의 개성적이고 독창적인 영웅이 등장하는 신작 영화에 대한 출연 약속을 기어이 받아내고야 말았다.

"그거야 번복하면 끝 아냐? 자기 나라로 돌아간 다음에 입싹 씻으면 어떻게 해?"

"그러게 말이야. 까똑 친구라도 맺어뒀어야지!"

홍구의 말에 태웅은 어이가 없었다.

"걔는 까똑 안 써."

"그럼 페북 친구라도 맺든가! 그런 놈 말을 어떻게 믿고……."

태웅은 피식 웃었다.

제아무리 계약서를 쓰고 개인적인 친분을 맺는다 한들, 충격 수준의 강렬한 느낌을 받지 않으면 그런 부류의 인간은 결코 동양의 신인 배우에게 자기 영화의 주요 배역을 주지 않는다.

하지만 충분히 강한 인상을 주었기에, 오히려 자신이 잠적해 버려도 그가 자신을 찾게 될 것이다.

"그런데 그 인간, 진짜 나에 대해 모르고 있더라고."

"그럼. 그런 놈들이 어디 여기 와서 제대로 영화를 보겠어? 그냥 놀거나 자기 일하다가 가는 거지."

나름 할리우드의 유명 제작자라는 인간인데 칸 영화제 경쟁 부문에 진출한 태웅의 두 작품을 보지 않은 것은 물론이

거니와 그가 배우라는 사실조차 알지 못했다.

동양의 영화, 동양의 배우에 아예 관심을 갖지 않는 제작자가 수두룩하다는 것을 증명한 셈이다.

'한국 영화의 위상이 대단하다느니 어쩌니 하지만 아직 갈 길이 멀구먼.'

언론에서 호들갑을 떠는 것처럼 한국 영화가 세계 속에서 대단한 위상을 가진 것은 아니었다.

그저 특정 영화제에서 사랑받는 감독이 있을 뿐.

그리고 영화 마니아들에게 알려진 작품과 배우가 있을 뿐이었다.

'조건을 붙인 게 좀 거슬리긴 하지만, 안 되면 그때 가서 생각하지 뭐.'

칼리드 에스테판이 내건 캐스팅 조건은 칸 영화제 폐막식에서 태웅의 영화가 수상을 해야 한다는 것이었다.

1등인 황금종려상이든, 2등 격인 심사 위원 대상이든, 기타 등등이든 꼭 수상을 해야 자신에게도 명분이 생긴다는 것이다.

물론 태웅은 그 말이 핑계에 불과하다는 것을 알고 있었다.

할렘가에서 그냥 지나가는 유색인종 꼬맹이도 그의 뜻이라면 주요 배역으로 꽂아 넣을 수 있다.

즉, 그는 태웅에게 간을 본 것이다.

'나한테 간을 본 죄는 크다. 칼리드… 두고 보자. 흐흐흐.'

나중에 그를 손아귀에 넣고 휘두를 생각을 하며 태웅은 즐거운 미소를 지었다.

*   *   *

우상 팀과의 모임 후, 다음 날 곧바로 결심, 하다 팀의 모임이 있었다.

개막식 날 눈물 진상을 부린 배준화 감독과 제작사 대표, 메이린, 유지니 등이 참석했다.

현장에 메이린이 있는 것을 보고 유지니가 태웅의 귀에 속삭였다.

"메이린이 왔으니 아버지도 왔겠죠?"

"그렇겠죠. 프랑스에도 조폭은 있을 테니 부디 싸움만 안 나길 빌어야죠."

메이린의 아버지이자 삼합회의 간부인 차오웨이를 떠올리곤 태웅은 진땀을 흘렸다.

또다시 만한전석 같은 걸 차려놓고 매일 초대하기라도 하면 곤란하다.

'하긴 여긴 프랑스니까 그런 일은 없겠지.'

언제나 그림자처럼 그녀를 수행하는 매니저 하오룽 역시 오랜만에 얼굴을 볼 수 있었다.

날카롭고 싸늘한 눈빛이라 그런지 어디에서도 튀는 얼굴이었다.

메이린은 태웅을 보자마자 눈을 흘기며 말했다.

"이봐요! 태웅 아저씨. 정말 실망이에요."

태웅은 그녀가 또 무슨 트집을 잡으려나 싶어 가만히 있었다.

"멜로 영화에서 같이 찍은 여배우하고 사귄다는 게 사실이에요?"

"엥? 그게 뭔 소립니까?"

"뭐긴 뭐예요. 시치미 떼지 말고 얘기하란 말이에욧!"

그녀가 내민 핸드폰 화면에 한국의 포털 사이트 기사가 떠 있었다.

'헐… 이게 뭐야?'

'치명적 러브' 촬영이 끝나고 쫑파티에서의 사진이었다.

어둡고 뿌옇게 나오긴 했지만 두 남녀가 숲속 공터에서 밀회를 나누는 듯한 모습이 어렴풋이 보였다.

"몰랐어요? 기사 아까 떴는데?"

유지니의 말에 태웅은 어안이 벙벙해졌다.

'도대체 누가!'

교외의 한적한 펜션을 빌려 연 쫑파티였다.

최예린과 숲속에서 마지막 대화를 나눴던 광경이 누군가에 의해 찍혀서 기사로 나간 것이다.

가장 먼저 의심 가는 것은 황병준 기자다.

외진 쫑파티 장소까지 왔을 리는 없고, 현장의 누군가에게 소스를 제공받은 게 틀림없었다.

'한동안 자중하겠다더니… 내 이 인간을 그냥!'

하지만 한편으론 이 시점에서 그가 태웅이 힘들어질 수 있는 스캔들 기사를 낼 것 같진 않았다.

'그럼 우완태인가?'

칠상파와 BH엔터테인먼트 쪽 기자로, 아직도 태웅 때문에 연탄 나눔 봉사를 한 원한을 품고 있을 것이다.

생각해 보니 이쪽이 더 의심스러웠다.

귀국하자마자 족쳐야 할 사람이 생겼다.

최예린도 한국에서 곤란한 지경에 처해 있을 것이라 생각하니 걱정이 되었다.

"이런 순 플레이보이… 여배우 킬러였어요? 쯧쯧……."

속도 모르고 메이린이 장난치듯 긁어댔다.

"아니야! 이건 그런 게……."

"사진이 이렇게 떡하니 있는데?"

아주 약 올리는 데 재미 들린 것 같다.

"그러고 보니 대표님 오실 시간이 됐는데……."

유지니가 시간을 확인하며 말했다.

강지나도 오는 건가?

당혹스러워하고 있는데, 식당 문이 열리며 강지나가 들어왔다.

"안녕하세요. 제가 좀 늦었죠."

그녀가 고개를 꾸벅 숙이며 배준화 감독과 제작사 대표에게 인사했다.

표정을 봐서는 아직 기분이 어떤지 알 수 없었다.

"어서 와요. 강 대표님. 기다리고 있었어요."

그녀는 환대를 받으며 일일이 배우들과 손을 잡고 악수를 나눴다.

태웅의 앞으로 왔을 때, 그녀의 눈빛이 순간 날카로워지는 것을 보고 그는 움찔했다.

'봤구나! 기사를……'

눈치 빠른 메이린이 그 광경을 보곤 또 킥킥대기 시작했다.

"저 여자랑은 또 무슨 관계예요? 설마 양다리?"

"어휴……."

이런 건 어떻게 눈치채는지 아주 귀신이 따로 없다.

"여자엔 관심 없이 연기만 파는 성실한 배우로 알았는데, 실망이네요. 아빠한테도 말해야겠어요."

뭐가 그리 즐거운지 연신 싱글벙글이다.

아예 상종을 안 하는 게 정답이겠지.

태웅은 묵묵히 음식을 집어 먹으며 하릴없이 시간만 죽였다.

"자자, 쓸데없는 얘기 하지 말고 먹고 마시자고."

"그런데 우리 수상하면 훈장 받는다면서요?"

"우리가 아니라 감독님이 받는 거지."

그 말에 배준화 감독이 헛기침을 했다.

"에이, 난 그런 거 받을 자격이 안 돼. 그리고 수상은 무슨, 다들 열심히 해줬지만 칸에 온 것만 해도 난 너무 고맙고 감사하고……"

횡설수설하며 말이 길어지는 것을 보니 어지간히 기대하는 모양이다.

'하지만 안 될 거야, 아마.'

강지나는 여기 와서도 처음 인사할 때 말고는 태웅과 거의 눈을 마주치지 않고 있었다.

뭔가 단단히 오해를 한 것 같다.

하지만 스캔들과 관련해서 얘기를 하는 것도 어정쩡한 상황.

강지나 역시 자신이 왜 이렇게 행동을 하는지 몰랐다.

평소의 그녀였다면 누군가 스캔들 기사가 났을 때 진짜인지 아닌지 밝혀질 때까지 믿지 않는다.

합리적이고 신중한 성격이다 보니 기자들이 내는 기사를 쉽게 믿지도 않았다.

하지만 이번에는 태웅과 최예린의 스캔들 기사를 보자마자 눈앞이 하얘지고 말았다.

'내가 왜 이럴까? 제대로 물어보지도 않고 옹졸하게… 아니, 애당초 이런 거 가지고 옹졸하게 굴 사이도 아니잖아?'

기껏 회복한 관계인데 다시 어색해지긴 싫은 마음이었다.

하지만 은근히 믿기도 하다.

'정말 사귄다고 하면 어떻게 하지? 아니, 사귀어도 내가 어쩔 수 없는 거긴 하지만……'

이러지도 저러지도 못하는 심정을 품고 사람들에게 억지 미소를 짓자니 여간 고역이 아니었다.

함께 붙어 다니던 유지니는 그녀의 오락가락하는 표정을 보며 그동안 품었던 의심이 사실이라는 확신이 들었다.

'대표님이 태웅 씨에게 마음이 있구나! 어쩐지……'

그렇게 생각하고 보니 참 어울리는 한 쌍이긴 했다.

매사 자신감 넘치고 거침없는 성격의 태웅과, 사려 깊고 따뜻하며 지혜로운 강지나.

얼마 전 삼원 건설 일로 소원해졌다가 다시 가까워진 것도 강지나 대표가 그에게 호감을 품고 있기 때문일 것이다.

'그런데 남자 쪽은 어떨까?'

유지니는 태웅의 마음에 대해서는 감이 잘 오지 않았다.

워낙 그를 좋아하는 여자도 많았을 뿐더러 자신도 그에게 어느 정도 호감을 가지고 있었으니까.

걸 크러쉬 이미지로 유명한 그녀도 아직까진 시원하게 답을 내릴 수 없었다.

"여자 문제로 바람 잘 날 없으시군요. 조치를 취해야겠습니다만."

고서윤의 말에 은근히 책망하는 듯한 뉘앙스가 섞여 있어서 태웅은 억울했다.

'실속도 없이 스캔들만 계속 나는구먼.'

태웅과 강지나가 어색한 시선만 교환하는 가운데 시간은 계속해서 흘러갔다.

그리고 그가 술집 테라스로 바람을 쐬러 나갔을 때, 그녀가 밤의 유령처럼 다가와 말을 걸었다.

"태웅 씨."

"네?"

테라스 아래 펼쳐진 칸의 야경을 감상하고 있던 그는 화들짝 놀랐다.

그녀의 표정이 보통 진지하지 않았기 때문에 한결 더 두근거렸다.

'무슨 말을 하려고 그러지?'

그녀는 그를 지그시 바라보다가, 한숨을 쉬며 입을 열었다.

"프레타 사이먼이라고 아세요?"

"프레타 사이먼……?"

익숙한 이름이다.

프랑스 출신의 세계적인 디자이너로, 특히 영화배우들과 활발한 교류를 하는 것으로 유명하다.

"저랑 친분이 좀 있어요. 그분이 태웅 씨 폐막식 복장을 선물해 주고 싶다고 하셔서요. 원하시면 말씀해 주세요."

"아아… 정말요?"

현시점에서 가장 잘나간다고 할 수 있는 패션 디자이너가 폐막식에 입을 옷을 선물해 주겠다는 말에 그는 놀랐다.

그런 사람하고도 친분이 있다니, 강지나의 인맥 또한 세계적인 수준인가보다.

"물론 준다면 감사히 받겠습니다. 자랑 좀 할 수 있겠네요. 하하하."

"알겠어요. 그렇게 말씀드릴게요."

어색한 분위기를 깨려고 웃었는데 여전히 그녀는 굳은 얼굴이었다.

"원래 유지니 씨 의상을 부탁드리려고 한 건데 태웅 씨 것까지 해주고 싶다고 하더라고요. 그분이 이번에 태웅 씨 영화를 보고 반했나 봐요."

"그렇군요! 원래 제 연기를 보고 많이들 반하죠. 아하하……."

"그러게요. 최예린 씨처럼요."

푸합!

태웅은 마시고 있던 탄산수를 입 밖으로 뿜어버렸다.

*　　　*　　　*

프레타 사이먼의 임시 의상실은 그의 호텔 방 안에 차려져 있었다.

칸 영화제의 열광적인 마니아인 그는 영화제 시즌만 되면 칸 시내에 호텔 방을 잡아놓고 옷으로 도배한 후, 마음에 드는 스타들에게 선물하는 습관이 있었다.

매해 반복되다 보니 이제는 거의 행사처럼 되어버려서, '프레타의 선택(Preta's Choice)'이라는 용어까지 생길 정도였다.

올해 프레타의 선택은 현재까지 다섯 명 정도 되었는데, 여섯, 일곱 번째로 유지니와 태웅이 선정된 것이다.

'그러고 보니 예전에 그가 부른 적이 있었지? 한창 앙리랑 축구하느라고 바빠서 못 갔지만……'

전생에서도 프레타는 그를 두 번 부른 적이 있었다.

첫 번째는 전속 디자이너의 옷을 입겠다며 거절했고 두 번째는 칸에 놀러온 티에리 앙리와 함께 축구 게임을 하고 노느라 미처 약속을 잡지 못했다.

그다음부터는 삐졌는지 더 이상 자신을 부르지 않아서, 인연을 맺지 못했던 기억이 있었다.

'이번에는 입어줘야겠다. 어차피 개막식 때는 태선이가 해준 옷 입었으니까.'

개막식에서 그가 입은 옷은 동생 태선이 직접 론칭한 브랜드 '마누에'의 남성 정장이었다.

훤칠한 외모의 그가 입으니 자연스레 옷의 진가가 살아났고, 브랜드 인지도도 상당히 높아진 것 같았다.

폐막식에서 세계적인 디자이너의 옷을 입고 나선다면, 아직 저조하기 짝이 없는 월드 스타 수치를 높일 수 있을 것이다.

칸으로 향하는 비행기에서 확인한 월드 스타 수치는 고작 2.2퍼센트.

개막식에 참석하고 세계인들에게 얼굴을 알린 지금, 두 배가 넘는 4.6퍼센트로 높아져 있었다.

강지나와 만나기로 하고 그녀가 묵고 있는 호텔 앞으로 향했다.

깔끔한 분홍색 블라우스에 청바지를 입고, 머리를 질끈 묶은 강지나와 타이트한 가죽 스커트에 맨투맨 티를 입은 유지니가 기다리고 있었다.

세계에서 가장 아름다운 사람들이 모인다는 칸에서도 두 여자는 빛이 났다.

인위적이지 않은 자연스러운 아름다움이 늘씬한 키에 깎아지른 듯한 코를 가진 서양인들 사이에서도 돋보였다.

"왜 이렇게 일찍 나와 계세요?"

"거리 구경 좀 하느라요. 볼 게 너무 많아요."

두 여자는 즐겁기 그지없어 보였다.

이미 지겹게 와본 태웅으로서는 그녀들이 귀엽게만 보였다.

"약속 시간 됐어요. 얼른 가요."

프레타가 머무는 호텔은 그리 멀지 않은 곳에 있었지만 그들은 밴을 이용했다.

의상을 받아와야 했기 때문에 두 배우의 코디와 매니저가 동행했다.

프레타는 칸 영화제 측에서 배정해 준 인터컨티넨탈 칼튼 호텔에 조금도 뒤지지 않는 고급 호텔에 머물고 있었다.

호텔 직원의 안내를 받고 그가 머무는 방으로 향한 세 사람은 문을 두드렸다.

들어오라는 소리와 함께 문이 열리며 그 유명한 프레타의 임시 의상실이 모습을 드러냈다.

넓은 방 한쪽 벽을 가득 메우고 있는 드레스와 턱시도.

곳곳에 세워진 전신 거울.

그밖에 옷감과 가방들이 어지럽게 방 여기저기 널려 있다.

"이게 얼마 만이야? 지나!"

짧은 머리에 구레나룻.

타이트한 검은색 폴라 티에 흰 면바지를 입은 삐쩍 마른 중년 남자가 반가운 표정을 지었다.

"프레타, 잘 지냈어요? 너무 오랜만에 보네요!"

두 사람은 가벼운 포옹을 한 후 반갑게 인사를 나눴다.

적당히 친한 게 아니라 꽤 가까운 사이인 듯했다.

"소개해 드릴게요. 여긴 제 회사의 간판 여배우, 유지니 씨. 그리고 이쪽은 이번 칸 영화제 화제의 배우 김태웅 씨예요."

"오우. 반가워요. 영화에서만 봤는데 실물은 처음이네요."

여성스러운 목소리와 말투로 그는 감탄하며 악수를 청했다.

유지니는 대충 한 번 훑어보고 태웅을 머리부터 발끝까지 유심히 바라본다.

'뭘 저렇게 빤히 봐? 기분 나쁘게.'

긴 혓바닥으로 훑는 듯한 느낌에 그는 소름이 돋았다.

살짝 입맛까지 다시는 게 꼭 먹잇감을 앞에 둔 고양이 같다.

"태웅 씨는 몸매가 정말 예쁜 것 같아. 실제로 보니까 더 좋은데?"

"가, 감사합니다."

"영화 너무 잘 봤어요. 연기가 너무 훌륭해서 나도 모르게 흥분했지 뭐야?"

"…네?"

잘못 들었나?

태웅이 놀라 되물었지만 그는 이내 고개를 돌려 강지나를 바라봤다.

"안 그래? 태웅 씨 연기는 정말 예술이야. 물론 유지니 씨도 인상적이고."

"그럼요. 제 친구예요. 호호호."

강지나가 너스레를 떨며 웃었다.

평소엔 몰랐는데 지금 보니 약간 푼수 같기도 하다.

"남우주연상 후보라면 내가 또 신경 안 써줄 수 없지. 어디 보자, 자기는 핏이 예뻐서 조금 작게 입어도 멋지겠다."

프레타가 시키는 대로 태웅은 서너 벌의 옷을 입고 나왔다.

물론 여자인 유지니가 더욱 긴 시간을 들여 여러 옷을 입어봤지만, 그래도 고역인 건 어쩔 수 없었다.

"이게 좋겠다. 바지 단이 조금 짧은 쪽으로 가야겠어. 지나가 보기엔 어때?"

"동감이에요. 태웅 씨가 마른 타입이라 잘 어울릴 거 같은데요?"

마침내 확정된 턱시도를 입고 전신 거울에 비춰보니, 완연한 월드 스타 배우의 모습이었다.

태웅은 흡족한 미소를 지었다.

'남자 정장이라고 해도 디자이너에 따라 큰 차이가 있군.'

움직이기 편하게 신축성이 있음에도 태가 나는 정장이었다.

유지니 역시 크리스탈이 들어간 근사한 골드 실크 드레스를 선택했는데, 여느 할리우드 여배우 뺨치는 시원한 미모가 돋보였다.

"고마워요. 프레타! 이번 의상도 패션계에서 화제가 되겠는데요?"

그녀의 말에 프레타가 히죽 웃었다.

"내가 얼마나 심혈을 기울인 옷인 줄 모르지? 이번 프레타의 선택 중 단연 최고를 준 거야. 후후……."

그러면서 다시 태웅을 위아래로 훑는다.

"참. 기왕 온 김에 지나도 하나 줄게."

"네? 난 괜찮아요. 프레타."

"이런, 내 성의를 무시하는 거야? 마침 딱 좋은 걸 골라놨다구."

"호호. 뭐 그렇다면야 받아줘야겠네요."

그녀가 생글생글 웃으며 드레스 룸으로 들어갔다.

잠시 후, 가슴 부분이 움푹 파인 붉은 드레스를 입고 나왔다.

"어때요? 조금 안 어울리나?"

그 모습을 보고 태웅은 입을 쩍 벌렸다.

적당한 크기의 가슴과 잘록한 허리, 그리고 부드러운 곡선을 이루는 골반과 쭉 뻗은 늘씬한 다리…….

그야말로 여신 강림이었다.

그녀의 모습을 본 프레타가 흐뭇한 표정으로 박수를 쳤다.

"세미 시스루 체어 메일도 잘 소화하잖아? 역시 지나는 배우를 했어야 해! 이렇게 아름다운 기획사 대표가 어딨어?"

"그런가? 후훗."

기분 좋은 듯 미소 짓는 그녀의 얼굴이 발그레하게 달아올랐다.

"어때요, 태웅 씨?"

잠시 멍 때리고 있던 그는 정신을 차리고 입을 열었다.

"멋져요. 꼭 지나 씨를 위해 태어난 드레스 같네요."

"고마워요."

그녀가 수줍은 듯 고개를 숙였다.

유지니 역시 너무 아름다운 강지나의 모습을 보고 감탄을 금할 수 없었다.

"대표님. 너무 예뻐요. 이거 사기 아니에요? 여배우보다 예쁜 대표가 어디 있어."

"에이, 무슨 소리야. 미모는 누가 뭐래도 지니 씨지. 난 그냥 일반인 수준인걸."

"거울을 한번 보세요. 그게 일반인인가. 아무래도 회사를 잘못 택했어. 완전히 얼굴이랑 몸매로 밀리게 생겼어. 흑흑……."

"엄살은. 호호호."

두 여자의 서로에 대한 칭찬 세례를 들으며 태웅은 혼란스러움을 느꼈다.

이런 상황은 아무리 자주 겪어도 적응이 되지 않는다.

*   *   *

마침내 폐막식이 열리는 날 아침이 밝았다.

칸에서의 휴양과 관광을 즐긴 실버문 식구들은 완전히 풀린 얼굴이 되었다.

태웅을 제외한 나머지는 모두 얼굴이 새까맣게 그을렸고, 맛있는 음식으로 삼시 세끼 배를 채우다 보니 볼이 빵빵해질 정도로 살이 쪘다.

"어떻게 해! 돌아가면 금식해야겠다."

체중이 2킬로그램 늘었다며 태선이 징징거렸다.

윤철과 홍구, 심지어 고서윤마저도 한껏 비대해져 있었다.

"야, 왜 너만 살이 안 찌냐?"

"난 원래 살이 잘 안 찌는 체질이야."

"쳇. 난 5킬로나 쪘는데."

홍구가 태웅을 보고 부럽다는 듯 말했다.

"야! 넌 배우가 그렇게 앞뒤 안 가리고 처먹으면 어떻게 하냐? 열흘 만에 5킬로그램이 말이 돼? 맞춰온 옷이 안 맞잖아!"

윤철이 자기 관리에 실패한 홍구를 구박했다.

"왜 나만 가지고 그래……."

"배우 둘 중에 너만 왕창 쪘으니 그런다."

코디인 태선도 홍구를 타박했다.

"한심하다, 한심해. 옷 가져온 사람 생각도 안 하고. 에라이 식충아."

"우… 이것들이."

티격태격하는 와중에 프레타에게 선물 받은 옷을 차려입은 태웅이 전신 거울 앞에 섰다.

그 모습을 본 모두는 입씨름을 멈추고 멍하니 그를 바라보았다.

"왜? 옷에 뭐 묻었냐?"

갑자기 정적이 흐르자 의아해진 태웅이 고개를 돌렸다.

"아니. 그냥 폼이 좀 나네."

"죽여준다! 나도 그 디자이너 좀 소개시켜줘!"

고서윤 역시 무표정한 얼굴로 고개를 끄덕였다.

"그 정도면 가히 난다 긴다 하는 할리우드 배우들도 올킬할 것 같습니다."

"그래?"

태선은 자신의 옷 대신 다른 디자이너의 옷을 입는 태웅에게 섭섭할 법도 하련만, 전혀 그런 기색이 없이 감탄하기만 했다.

"역시 프레타 사이면… 진짜 옷 잘 만든다. 그 사람한테 좀 배우고 싶다."

"안 돼! 그건 절대 안 돼!"

"왜?"

"…그냥 그런 줄 알아."

옷을 다 차려입고 난 후, 일행은 폐막식이 열리는 뤼미에르 극장으로 출발했다.

태웅은 결심, 하다 팀과 모여 일행과는 다른 차를 탔다.

"플레이보이 태웅. 오늘은 완전 멋진데? 또 누굴 꼬시려고."

메이린이 그를 보자마자 놀려대기 시작했다.

"그래. 마음껏 비웃어."

"오… 쿨한 척하는데? 누가 그런다고 넘어갈 줄 알고? 난 플레이보이는 싫어."

"에이 진짜, 저리 안 갈래요?"

한껏 성을 내려던 그는 메이린의 매니저 하오룽의 날카로운 눈빛을 보곤 화를 억눌렀다.

'맞다. 얘 삼합회 간부 딸이었지.'

배준화 감독은 오늘도 눈에 띌 정도로 바들바들 떨고 있었다.

개막식과 비슷할 정도로 많은 구경꾼들과 취재진들이 몰려든 주변은 혼란스럽기 그지없었다.

'이번 칸도 끝났구나.'

옛 친구 섬 피어스도 만났고, 전 매니저 엘런의 근황도 들었다.

그리고 할리우드 유명 제작자인 칼리드 에스테판에게 캐스팅 약속도 받아냈고 세계적인 디자이너 프레타 사이먼에게 턱시도도 선물 받았다.

할리우드의 망나니 라울러 홈즈도 혼쭐을 내줬다.

'그리고… 지나 씨와 오해도 풀었고 말이야.'

테라스에서 단둘이 맞닥뜨린 날 밤.

최예린과의 열애설에 대해서 태웅은 솔직하게 털어놓았다.

공황장애인 그녀의 연기를 돕기 위해, 그리고 영화의 촬영을 위해 계약 연애를 했다는 사실을 이야기하고 나니 마음이 후련했다.

물론 키스신 연습 같은 상세한 부분은 생략했지만……

사실 그녀에게 군이 얘기할 필요가 없는 일들이었다.

하지만 불필요한 오해를 쌓게 하고 싶지 않았다.

창밖으로 길게 늘어선 행인들과, 푸르른 야자수의 모습을 보며 그는 문득 프레타의 드레스를 입은 강지나의 모습을 떠올렸다.

"나, 나 좀……."

아름다운 그녀의 모습에 빠져 있던 태웅은 갑자기 켁켁거리는 소리에 시선을 돌렸다.

배준화 감독이 대추처럼 빨개진 얼굴로 가슴을 움켜쥐고 있었다.

"감독님? 괜찮아요?"

"누가 청심환이랑 물 좀 줘봐. 빨리!"

유독 긴장하고 있던 그가 결국 호흡곤란을 일으킨 것이다.

한바탕 소란이 일고 나서야 차 안이 잠잠해졌다.

＊　　　＊　　　＊

칸 영화제의 클라이맥스라고도 할 수 있는 폐막식.

대상인 황금종려상을 비롯한 경쟁 부문 외에도 주목할 만한 시선, 학생영화상인 시네파운데이션상, 황금카메라상, 인간에 대한 성찰이 돋보이는 작품에게 주어지는 에큐메니컬상 등의 시상까지 진행된다.

세계 영화인들의 시선이 집중되고 누가 상을 탈지에 대한 의견이 분분해진다.

그리고 마침내 상의 주인공이 발표되는 순간, 모두가 또 하나의 신데렐라의 탄생을 보게 된다.

'지겨워 죽겠네.'

시상식이 진행되는 동안 태웅은 터져 나오려는 한숨을 애써 참았다.

뭔 놈의 공치사가 저리 많은지, 영화 시상식은 아무리 자주 와도 적응이 되지 않는다.

차라리 그래미나 아메리칸 뮤직 어워드 같은 음악 시상식이 훨씬 재밌다.

심사 위원석에 착석한 아홉 명의 심사 위원들 중에는 낯익은 얼굴들이 많았다.

같이 영화를 찍은 감독이나 배우들도 보였다.

"너무 떨려요."

옆에 앉은 유지니가 낮은 목소리로 속삭였다.

"우리 수상하면 진짜 기절할지도 모르겠어요."

"설마 수상하겠어요."

뒷좌석에 앉은 배준화 감독이 들으면 섭섭할 말을 태웅은 아무렇지도 않게 했다.

올해에도 워낙 쟁쟁한 작품이 많았고, 한국 영화가 대상인 황금종려상을 수상한 적은 없었기 때문에 딱히 기대가 되지 않았다.

'우상'이나 '결심, 하다'의 경우 여배우의 비중이 크지 않아 여우주연상은 무리였다.

남우주연상의 경우도 마찬가지, '우상'은 오영홍의 연기가 강렬하긴 했지만 다른 두 명의 남자 배우들의 비중도 상대적으로 큰 편이다 보니 거의 쓰리톱 영화처럼 보였다.

받는다면 그나마 원톱 남자 배우를 내세운 '결심, 하다'의 수상 가능성이 더 컸다.

'스캔들 기사만 안 났어도 덜 피곤할 텐데.'

태웅은 씁쓸한 기분을 감추지 못했다.

귀국하면 꽤나 피곤해질 일만 남아서였다.

그가 출연한 영화 두 개가 연달아 개봉할 것이고, 칠상파와의 싸움이 본격화될 것이다.

오히려 정신없이 바빴던 칸에서의 시간들이 휴가같이 느껴질 것이다.

'그래도 돌아가야지.'

귀빈석 의자에 몸을 깊게 묻은 채 그는 결의를 다졌다.

기왕 돌아가는 김에 상도 탔으면 좋으련만……

사회자인 나탈리 포트만의 진행하에 마침내 경쟁 부문 수상작 발표가 시작되었다.

촬영감독상과 에큐메니컬상 등의 발표가 끝나고, 다음 순서는 각본상이었다.

말 그대로 최고의 시나리오에게 주어지는 상으로, 한국 영화로는 이창동 감독의 '시'가 수상한 적이 있다.

"그럼 칸 영화제 각본상 부문을 발표하겠습니다. 올해의 각본상… 영화 '우상'! 축하드립니다!"

관객석에서 환호가 터져 나왔다.

맙소사!

태웅은 놀라서 자리에서 펄쩍 뛸 뻔했다.

저절로 만면에 미소가 번졌다.

'하필이면 각본상이라니!'

'우상'의 대본을 쓴 작가는 바로 그 최수빈이 아닌가?

이렇게 되면 우상의 내용은 다시 한번 한국에서 전국적인 화제가 될 것이다.

〈한국 영화 '우상' 칸 영화제 각본상 수상!〉

해외 매체는 물론, 현장에 취재 나와 있던 국내 언론들은 누가 먼저랄 것도 없이 긴급하게 우상의 수상 소식을 전했다.

고화영 감독이 만면에 미소를 지으며 일어났다.

시나리오를 쓴 최수빈이 오지 못한 데다가, 원래 각본상은 감독이 상을 받고 수상 소감을 발표하는 경우가 많았다.

단상에 선 고화영 감독은 감격스러운 듯 말을 잇지 못하다가, 마침내 좌중을 둘러보며 입을 열었다.

"'우상'의 이야기가 세계 영화인들에게 큰 울림을 줬다는 사실이 무척 기쁘고 한편으로는 많은 생각이 들게 합니다. 정말 촬영 과정에서 우여곡절이 많았던 영화인데 이렇게 성공하고 인정받게 되어 기쁩니다! 감사합니다."

예상보다 밋밋한 소감이었다.

'그냥 여기서 확 터뜨려 버리지?'

태웅은 아쉽기 그지없었다.

'이 영화 실화다!'라고 세계인들 앞에서 시원하게 터뜨리면 얼마나 좋아?

고화영 본인도 임기환과 BH엔터테인먼트에게 비열한 방법으로 협박당하고, 메가폰을 못 쥘 뻔하지 않았던가.

수상을 한 후 자리로 돌아오던 고화영 감독과 태웅의 눈이 마주쳤다.

그는 알 듯 말 듯한 묘한 미소를 지었다.

'뭐야? 저 웃음은.'

왠지 기분이 나쁘다.

저 사람은 로봇이고, 저 눈을 통해 최수빈이 자신을 감시하고 있는 게 아닐까 의심이 들 정도였다.

여우주연상은 핀란드 영화 '바닷가 그 너머 어딘가에'에 출연한 여배우 오티 하자드가 수상했다.

차분한 매력을 가진 그녀는 남편 셋과 이혼하고 바닷가에서 혼자 그림을 그리는 화가로 출연, 극한의 외로움을 절제미로 표현하는 연기로 심사 위원들의 극찬을 받았다.

"그럼 이제 남우주연상을 발표하겠습니다. 워낙 쟁쟁한 후보들이 많아서 기대되는 분야인데요……."

사회자의 발언에 모두의 시선이 쏠렸다.

스크린에 남우주연상 후보에 오른 배우들의 얼굴이 나타나자 객석에서 환호성이 터졌다.

그만큼 모두 쟁쟁한 인기 절정의 배우들이었다.

"칸 영화제 올해의 남우주연상… '결심, 하다'의 김태웅! 축하드립니다!"

'대박!'

생중계를 지켜보고 있던 수많은 한국인들이 열광했다.

시상식 현장에 있던 사람들마저도 깜짝 놀라지 않을 수 없었다.

아직 세계적으로는 무명에 가까운 한국의 신인 배우!

그가 놀라운 흡인력을 발휘하여 심사 위원들의 마음을 사로잡은 것이다.

〈칸이 사랑한 배우! '결심, 하다'의 김태웅 남우주연상 수상!〉

벌써부터 언론들은 미리 뽑아놓은 기사 제목에 태웅에 대한 정보를 입혔다.

심사 위원장 알폰소 쿠아론을 비롯한 아홉 명의 의견이 분분하긴 했지만, 결국 태웅을 올해의 칸 최고의 남자 배우로 꼽는 것에 동의했다.

암울한 시대상을 관통하며, 극한의 환경에서 생존해 나가는 한 인간의 의지를 보여줬다는 점, 그리고 촬영 현장에서 실제로 조난을 당하고 구조된 후에도 흔들림 없이 영화를 완성해 냈다는 외적인 부분까지 알게 모르게 가산이 되었다.

'그는 정말 대단한 배우가 될 거야.'

심사 위원장은 언제가 될지 모르는 차기작에 꼭 그와 함께했으면 하는 사심까지 품었다.

"김태웅! 김태웅!"

쏟아지는 박수갈채에 일일이 답례하며 태웅은 빙긋 웃었다.

'좀 지겹긴 하지만 뭐, 이 몸으로는 처음이니까······.'

할리우드 배우로서가 아니라 한국인 배우로서 받은 상이다.

난이도로 따지면 훨씬 어렵다고 볼 수 있다.

곳곳에서 터지는 환호성이 현장에서 태웅의 인기를 실감케 했다.

실제로 '우상'과 '결심, 하다'가 상영될 때 현지에서는 뜨거운 반응이 있었다.

태웅이 스크린에 나오기만 하면 함성을 질러댈 정도로 칸에서 높은 인기를 자랑했고, 첫 상영 때부터 기립 박수가 터져 나오기도 했다.

심사 위원들 또한 처음 볼 때부터 그의 압도적인 연기에 빠져들고 말았다.

*   *   *

단상에 올라선 태웅은 아래를 바라보며 심호흡을 했다.

긴장은 되지 않았지만 감회가 새로웠다.

한국 영화의 상은 훌쩍 건너뛰고 바로 세계 최고의 영화제, 칸의 남우주연상을 꿰찼다.

진심으로 영광스러운 일이 아닐 수 없었지만 그는 무덤덤하기만 했다.

화려한 조명 아래 밤하늘의 별처럼 수많은 눈빛들이 자기를 주시하고 있다.

"안녕하세요. 김태웅입니다. 어젯밤 아무런 꿈을 안 꿔서 받을 일이 없을 줄 알았는데 받았네요. 길을 가다가 갑자기 다이아몬드를 주운 기분이라서 매우 기쁩니다."

여유롭기 그지없는 태도에 유지니는 감탄을 금할 수 없었다.

'아니, 아무리 저 사람이라도 어떻게 칸 남우주연상을 탔는

데 저렇게 태연하지?'

걸 크러쉬의 대명사라는 그녀도 부럽기 짝이 없는 강철 같은 멘탈이었다.

객석에서 그를 지켜보던 강지나는 태웅의 수상을 보고 자기도 모르게 크게 환호했다.

평소 차분하고 냉철한 그녀지만 도저히 기쁨을 주체할 수가 없었다.

'정말 잘됐어! 축하해요. 태웅 씨.'

단번에 칸 남우주연상이라니!

예전이라면 그를 회사로 영입하지 못한 것에 대한 아쉬움만 컸을 것이다.

하지만 지금은 그런 생각은 전혀 들지 않고 가슴속에 기쁨만 넘쳐흘렀다.

단상에 선 태웅의 소감이 이어졌다.

"서바이벌 프로그램에 출연하기 위해 생존 지식을 열심히 익혔는데, 그게 영화를 찍는 데 많은 도움이 된 것 같습니다. 촬영 현장에서 사고를 당했을 때도 그 지식을 활용해 살아남았고요. 하지만 매번 영화에서 그런 일을 겪고 싶진 않네요."

적당한 유머를 섞어 능숙하게 수상 소감을 밝힌 태웅은 뒤이어 동생과 회사 식구들, 그리고 마지막으로 '저와 함께해 준 모든 분들'과 이 기쁨을 나누고 싶다는 말로 끝맺음을 했다.

단상을 내려가는 그에게 스포트라이트가 쏟아졌다.

세계 모든 제작자와 감독, 배우, 그리고 영화 팬들의 시선이 그에게로 향했다.

강지나는 그의 몸에서 희미한 빛 같은 것이 뿜어져 나오는 듯한 착각을 느꼈다.

"휴……."

자기도 모르게 한숨이 나왔다.

설레는 한편으로 자꾸만 불안한 생각이 들었다.

왠지 밤하늘의 별처럼, 눈에는 보이지만 도저히 닿을 수 없는 아득한 곳에 가 있는 것은 아닐까?

뒤이은 시상에서는 또 하나의 놀라운 결과가 나왔다.

심사 위원상에 영화 '우상'이 선정된 것이다.

'우상'은 이로써 각본상과 심사 위원상을 석권하며 2관왕에 올랐고, '올드보이' 이후 한국 영화 최고의 성적을 거두게 되었다.

고화영 감독과 주연배우 오영홍이 단상에 올라 감격스러운 얼굴로 수상 소감을 밝혔다.

비록 1, 2등인 황금종려상과 심사 위원 대상 수상에는 실패했지만 이번 칸에서 한국 영화는 오랜만에 화려한 성과를 거둔 것만은 확실했다.

"오빠! 축하해!"

시상식이 끝나고 정든 얼굴들이 태웅을 맞이했다.

태선의 눈이 퉁퉁 부은 것으로 보아 한바탕 운 것 같았지만 본인은 한껏 부인했다.

"얘 웃긴다. 아주 눈물을 1리터는 흘린 것 같은데 왜 안 운 척이야?"

옆에 있던 윤철이 한사코 안 울었다고 우기고 있는 태선을 놀려댔다.

"아니거든. 그냥 찔끔한 정도거든?"

"그나저나 홍구는 아쉽게 됐네. 잔뜩 기대하지 않았냐?"

"기대는 무슨. 칸 레드 카펫을 밟은 것만으로도 '이번 영화'의 목적은 달성했다."

홍구가 전혀 아쉽지 않다는 얼굴로 입을 열었다.

"이번 영화?"

"그래. 나에겐 이번 영화는 위대한 발걸음에 불과해. 다음 번 남우주연상은 나니까 단상 위에서 만나자. 후후후."

그가 출연한 퀴어 영화는 아쉽게도 수상에 실패했다.

하지만 현지에서도 나름 연기력을 인정받은 홍구였기에 앞길이 밝은 것만은 확실하다.

화려한 폐막식을 마친 다음 날, 윤철은 태웅에게 씨익 웃으며 자신의 핸드폰을 보여주었다.

"뭔데?"

"이 수많은 문자와 메일들을 봐라. 캐스팅 제의가 쏟아지고 있다."

칸 수상으로 인해 급격히 올라간 위상 때문인지 그에게 러브 콜이 쇄도하고 있었다.

"차기작은 이미 결정해 뒀는데 뭐."

"그 할리우드 영화?"

"그렇지."

"네가 원한다면야 뭐."

잠시 후 고서윤이 어딘가로부터 연락을 받고는 묘한 표정으로 다가왔다.

"왜 그래?"

"형님. 청와대에서 축전이 왔습니다."

"청와대?"

"네, 칸 영화제 수상을 축하한다고… 그리고 문화훈장 수여를 검토 중이랍니다."

이거 진도가 너무 빠른 거 아냐?

태웅은 물론, 듣고 있는 일행조차 갑작스러운 소식에 정신을 차리지 못했다.

S# 3
화려한 귀환

　태웅의 귀국길은 그야말로 금의환향 그 자체였다.

　공항에는 한국 영화 사상 최초의 칸 영화제 남우주연상 수상자를 기다리는 수많은 취재진들이 열띤 몸싸움을 벌이고 있었다.

　게다가 어느새 눈덩이처럼 불어나 버린 팬들로 인해 그야말로 인산인해를 이뤘다.

　비행기에서 내려 오랜만에 한국 땅을 밟은 태웅은 익숙한 공기를 깊이 들이마셨다.

　'바깥이 왜 이렇게 소란스럽지? 아항. 날 취재하려고 왔구나.'

같은 날 입국한 다른 배우들도 있을 텐데…….

하지만 다른 사람들과 그는 격이 달라도 한참 달랐다.

이제는 명실상부 한국 영화계를 넘어 세계 영화계의 샛별로 떠오른 것이다.

물론 칸 영화제 남우주연상을 수상했다고 해서 갑자기 하루아침에 억만장자가 된다거나 월드 스타가 되진 않는다.

하지만 태웅에게는 연기력 외에도 스타성이라는 무기가 있다.

영화제 수상은 거기에 날개를 달아준 격이다.

"준비하십시오."

입국 게이트로 향하는 통로에서 고서윤이 나지막하게 말했다.

"뭘?"

"사람들의 물결에 휩쓸려 익사하지 않게 말입니다. 아마 해일처럼 몰려들 겁니다."

"야야, 겁주지 마. 여차하면 도망가면 돼."

"이미 차량은 준비해 두었습니다."

역시나 센스 있는 매니저답게 가장 가까운 주차장에 회사의 밴이 대기하고 있었다.

하지만 험난한 취재진들의 산을 뚫고 가야 하는 길이다.

태웅은 앞을 바라보며 마음속으로 안정을 찾아주는 주문을 외웠다.

'열려라… 참깨!'

게이트가 열리며 곳곳에서 셔터 소리와 기자들의 질문이 쏟아졌다.

팬들의 비명과 함성까지 섞여서인지 태웅은 귀가 멍멍할 지경이었다.

"꺄악! 김태웅이다!"

"김태웅 씨! 여기 좀 봐줘요!"

"세계 최고의 영화제에서 수상한 기분이 어떠십니까?"

별 시답잖은 질문들을 해대는 기자들을 외면하며 태웅은 빠르게 걸어 나왔다.

이미 고서윤을 제외한 나머지 일행들은 일찌감치 주차장으로 향했고, 그들이 안전하게 빠져나갔음을 확인한 태웅은 따라붙는 기자와 팬들을 보고 서서히 기어를 올렸다.

"어어? 뛴다. 김태웅이 또 뛰어!"

"잡아! 눈앞에서 놓치면 끝이야!"

지난번의 활극으로 인해 태웅의 도주극에 익숙해진 취재진들 사이에서 활발한 정보 공유가 이루어졌다.

'저 자식들이… 내가 무슨 외양간 탈출한 소냐?'

약이 잔뜩 오른 태웅은 이번에도 기자들의 체력을 완전히 소진시킬 심산이었다.

"따라올 테면 따라와 봐!"

그가 달려가기 시작하자, 수많은 사람들이 뒤쫓으며 다시 한번 인천국제공항에는 장관이 펼쳐졌다.

달리는 한 사람을 필두로 뒤쫓는 사람들의 모습이 부채꼴 대형을 이뤘다.

태웅은 오래 끌고 싶지 않아서 이번에는 전속력으로 달렸다.

어느 때보다 빠르게 그를 뒤쫓는 행렬들이 멀어져 갔다.

"성원해 주셔서 감사합니다! 스크린에서 봬어요!"

그는 한참 멀어진 이들을 향해 크게 외치곤 단숨에 지하 주차장으로 향하는 엘리베이터를 탔다.

아뿔싸!

엘리베이터 문이 닫혔을 때, 그는 자신을 둘러싼 심각한 표정의 사람들이 있는 것을 보고 당황했다.

"태웅 씨! 한국에 돌아오신 소감이 어떠신지……."

"차기작은 어떤 작품을 생각하고 계시는지……."

"태웅 씨!"

예전 어떤 누아르 영화에 지금과 비슷한 장면이 있었다.

조직 내 경쟁자의 습격을 받은 중역이 위기를 헤치고 간신히 엘리베이터 앞까지 도망치는데, 엘리베이터 문이 열리며 그의 경쟁 조직에서 보낸 습격자들이 나타난다.

그리고 그들은 좁은 엘리베이터 안에서 칼을 휘두르며 피가 난자한 혈투를 벌인다.

칼이 카메라와 녹음기로 바뀌었을 뿐, 지금 상황은 그것과 다를 바 없었다.

기자들이 정신없이 들이대는 카메라를 현란한 운동신경으로 피하면서 태웅은 힘겹게 그들을 떨쳐냈다.

엘리베이터 문이 열리고, 그는 비틀거리면서도 전속력으로 주차장의 밴을 향해 달렸다.

"태웅아! 그냥 점프해!"

밴은 그가 위기에 처한 것을 보고 그대로 그의 앞까지 달려왔고, 태웅은 있는 힘껏 몸을 날려 밴 안으로 골인할 수 있었다.

이렇게 또 한 번의 공항 탈주극이 마무리되었다.

*   *   *

수많은 영화와 드라마, CF 제의가 귀국한 태웅에게 쏟아졌다.

인터뷰도 홍수처럼 밀려들었다.

최대한 가려서 받는데도 정신을 못 차릴 지경이었다.

칸을 정복한 배우, 한국 최초의 남우주연상 김태웅!

수십 개의 영화에 주연으로 출연한 배우들도 이제는 뒷전이 되었다.

영화제에서 수상한 후 확인한 월드 스타 지수는 15퍼센트!

월등히 상승하여 이제는 세계적으로 나름 인지도를 확보

했다.

다음 스케줄로는 '결심, 하다'와 '치명적 러브' 두 영화의 개봉 전후 행사가 잡혀 있었다.

관객과의 만남 무대 행사와 그 외 홍보 활동을 마치고 나면 시간이 빈다.

그 후 그는 할리우드로 날아갈 계획을 세웠다.

이제 한국 영화계에서의 활동은 마칠 때가 된 것 같았다.

"오늘 저녁에 연예가 핫TV와 인터뷰, 내일은 출동! 영화산책과 인터뷰가 잡혀 있습니다."

"아오. 지겨워."

고서윤의 스케줄 보고에 태웅은 한숨을 쉬었다.

예상한 대로지만 수십 개의 매체에서 인터뷰 제의를 하는 바람에 정신이 없었다.

"그냥 차라리 한군데 모아 놓고 한자리에서 싹 다 하면 안 되나? 한번 추진해 봐."

"불가능할 겁니다."

"쳇. 시도라도 해보고 말하지 좀."

결국 그는 줄줄이 이어지는 인터뷰를 소화해야 했다.

꼭 지겹기만 한 일은 아니었다.

인터뷰를 한다는 것은 수많은 기자들을 만난다는 것.

영화 '우상'의 배경 사건에 대한 이야기를 자연스럽게 언론에 흘릴 수 있다는 뜻이었다.

    *   *   *

황병준 기자와 만난 자리에서 태웅은 궁금했던 점을 물었다.

"저와 최예린 씨 스캔들을 처음 보도한 조현일보 최갑수 기자라고 아십니까?"

"아하. 왠지 들어본 적 있는 것 같군요. 그 사람이 왜요?"

"저랑 안 좋은 인연이 있는 우완태 기자가 기사를 냈을 거라고 생각했는데 아니더라고요. 그래서 황 기자님인가 했는데 그것도 아니었고, 이름을 찾아보니 생판 모르는 기자라서 그럽니다."

"우완태 후뱁니다. 금남일보에 있다가 이직한 지 얼마 안 됐고요. 냄새가 나네요."

"역시 그렇군요."

우완태가 수작을 부려 자신에게 사람을 붙이고, 다른 기자에게 열애설을 터뜨리게 한 모양이었다.

"전 요즘 태웅 씨를 예전처럼 못 따라다닙니다. 제 코가 석자라서요. 그리고 딱히 안 좋은 영향이 갈 기사를 쓸 이유도 없죠."

"예상은 했습니다."

"어떻게 하실 겁니까?"

"일단 최예린 씨와는 말을 맞췄습니다. 강력히 부인할 거고
요. 그거면 되겠죠."

"다행입니다. 이제 대한민국에서 주목하는 배우가 되었으니
조심 많이 하셔야겠어요. 하하하."

"그래서 말인데, 그 주목을 이용해 일을 좀 벌일 생각입니
다."

"일이라면……?"

"일단 황 기자님이 기사 하나 더 써주셔야겠어요."

"칠상파군요."

"직접적인 언급은 아니지만, 확실한 이슈 제기가 필요한 시
점입니다."

황병준은 잠시 고심하는 듯했다.

당장 지난번에 태웅을 철거 현장에 끌어들이고 특종을 터
뜨린 이상, 그로서도 태웅의 부탁을 거절하는 건 염치없는 일
이었다.

"연달아 기삿거리를 주는 건 좋습니다만, 이러다 기자 생활
오래 못하겠군요."

"그런 건 바라지도 않는다는 것 알고 있습니다. 삼원 그룹
까지 건드리신 분이니까요."

"하하하. 못 당하겠네요. 제 정체성까지 훤히 꿰뚫고 계시
니… 암튼 돕겠습니다."

엄연히 말하자면 상부상조다.

확실히 이번 기사가 이슈가 되면 황병준은 다시 한번 대형 특종을 쓴 기자가 된다.

물론 그만큼 신상이 위험해질 수도 있지만……

"기사는 나갈 수 있게 해드리죠. 단, 당부드릴 것이 있습니다."

"뭡니까?"

황병준은 가슴을 쫙 편 채 힘주어 이야기했다.

"반드시 팩트여야 합니다. 제가 기레기인 건 맞지만, 적어도 팩트가 아닌 사실을 조작해서 내보내진 않습니다. 기자로서의 마지막 자존심이죠."

"물론 팩트만 드립니다. 두말하면 잔소리지요."

태웅은 당연하다는 듯 고개를 끄덕였다.

*　　　*　　　*

오늘 저녁 태웅이 출연하는 프로그램은 공중파보다 더 높은 시청률과 화제성으로 이름 높은 종편 VHCB 방송국의 간판 뉴스 '뉴스원'이었다.

보도 담당 사장인 유명 앵커 이연석이 직접 진행하는 프로그램으로, 문화예술계에서 이름을 날린 인물을 출연시켜 다양한 질문과 답변을 하는 코너가 특히 유명했다.

바로 이곳에 한국인 최초 칸 영화제 남우주연상을 수상한 태웅이 출연하기로 한 것이다.

처음 연락이 왔을 때 태웅은 쾌재를 불렀다.

어떤 사건도 다루기를 꺼려 하지 않는 프로그램 특성상, 그 럴듯한 떡밥을 던지면 앵커가 피하지 않고 받을 것이란 확신 이 있었다.

게다가 생방송 프로그램이다.

편집할 새도 없이 전국에 방송을 타게 된다.

방송국에 도착한 태웅은 이연석 사장을 포함한 보도진과 간단한 인사를 나눈 후 리허설을 가졌다.

대기실에서 고서윤과 함께 코너를 기다리며 그는 조용히 눈을 감았다.

사전에 약속된 대화 주제는 대체적으로 칸 영화제에 대한 이야기였다.

현지의 분위기, 그리고 칸 영화제 수상에 대한 감회와 앞으 로의 계획 등을 이야기하게 될 것이다.

'하지만 그게 다가 아니지.'

사전에 약속되지 않은 이야기를 꺼냈을 때 이연석 앵커가 어떤 반응을 보일지는 미지수였다.

방송 중단을 시킬 수도 있고 이야기를 황급히 마무리 지을 수도 있지만, 지금껏 그의 성향을 보건대 도리어 흥미를 가지 고 더 하나하나 물어올 수도 있다.

그야말로 도박이었지만 태웅은 주사위를 던져보기로 했다.

"기대되는군요."

고서윤의 말에 그는 감았던 눈을 떴다.

"오늘 일 때문에 네가 엄청 고단해질 수도 있어. 고 매니저, 위험해질 수도 있고."

"걱정 안 합니다. 그리고 원래 매니저는 위험한 일이고요."

"그렇게 생각한다면야 뭐……"

언제나처럼 쿨한 매니저 덕분에 태웅은 마음이 차분히 가라앉는 것을 느꼈다.

"김태웅 씨! 시간 됐습니다! 준비하시죠."

스태프가 대기실 문을 열고 태웅에게 스튜디오로 들어오라는 신호를 보냈다.

"화이팅입니다."

자신을 격려하는 매니저에게 고개를 끄덕인 후 태웅은 뉴스원 스튜디오 안으로 입장했다.

데스크의 오른쪽 좌석에 앉아 왼쪽 좌석의 앵커와 마주 보는 구도였다.

이연석 앵커 겸 사장이 직접 진행하는 코너다.

날카로운 질문으로 유명한 그였기에, 정신을 똑바로 차리지 않으면 안 된다.

"얼마 전 칸 영화제가 성공리에 개최되었다는 소식을 전해 드렸는데요. 폐막식에서 한국인 최초로 남우주연상을 수상하는 경사가 있었습니다. 오늘은 시청자 여러분들께 바로 그 주인공을 소개해드리고자 하는데요. 김태웅 씨 자리로 모셨습니다. 안녕하세요."

"네, 안녕하세요."

태웅이 이연석과 인사를 나누며 정면의 카메라를 힐끗 바라보았다.

On Air.

전국에서 수많은 사람들이 지켜보고 있다.

"칸 영화제 경쟁 부문을 비롯하여 비경쟁 부문까지 우리나라 영화가 자주 진출하는 것이 사실입니다. 하지만 최근 몇 년간 굵직한 상을 수상하지 못했는데요. 이번에 아주 경사가 났죠?"

"네, 심사 위원상과 남우주연상, 각본상 무려 세 부문에서 경쟁 부문 본상을 탔습니다."

"정말 대단한 일이 아닐 수 없습니다. 게다가 남우주연상은 국내 배우로는 처음이라고 하는데요. 김태웅 씨는 출연한 두 영화가 모두 진출을 하고, 게다가 다 수상을 함으로서 놀라운 경력을 쌓게 되신 것 같습니다. 축하드립니다."

"감독님과 다른 배우들의 덕인 것 같습니다. 그리고 무엇보다 작품의 시나리오가 워낙 훌륭했고요."

태웅은 처음으로 시나리오를 언급했다.

특히나 우상의 경우는 각본상을 수상했다.

그에 대한 이야기를 물고 늘어지지 않을 수 없다.

"그렇습니다. 김태웅 씨가 음악 프로듀서 휘빈 역할로 출연한 우상이 바로 심사 위원상과 각본상을 수상했는데요. 그야말로 세계 수많은 작품들 가운데 가장 좋은 스토리라는 말 아니겠습니까?"

"세계 영화인들과 거장인 심사 위원들에게 인정받았으니, 충분히 그렇다고 할 수 있습니다."

"저는 아직 못 봤는데요. 어떤 얘기인지 궁금합니다. 한번 간략하게 설명 좀 해주실까요?"

"물론입니다."

태웅은 눈을 빛냈다.

마침내 본론을 꺼낼 때가 온 것이다.

＊　　　＊　　　＊

대형 카지노 인허가 건을 앞둔 기업형 거대 폭력 조직 칠상파를 소탕하려던 최동렬 검사가 어느 날 밤 사체로 발견된다.

오랜 시간 동안 작업하여 결정적인 증거와 증인을 확보하기 직전 살해된 것이다.

결국 수사 팀은 해체되고 사건은 완전히 묻혀 버린다.

그의 죽음으로 인해 누가 이득을 보았는지는 분명했다.

칠상파는 아무런 문제없이 카지노를 개장, 막대한 수입원을 마련했다.

그들의 뒤를 봐주던 정재계의 수많은 인물들 또한 큰 이득을 보았다.

영화 '우상'에서는 이 사건을 정면으로 다루었다.

칠상파를 모티브로 한 구상파의 넘버2 진구는 검사 살해 사건의 행동 대장 격이었다.

물론 뒤에서 지시한 인물은 따로 있다.

구상파의 보스, 그리고 그와 손을 잡고 있는 기업인과 정치인이다.

이들의 모델이 현실의 누구냐는 앞으로 수사기관이 풀어야 할 숙제였다.

젊은 검사 최동렬에게는 배다른 형제, 해외에서 자랐다는 형이 있었다.

동생이 죽었다는 소식을 듣고 한국에 들어온 성공한 사업가, 최수빈은 그때부터 자신이 가진 힘을 총동원해 동생의 죽음을 파헤친다.

심증은 확실했으나 물증이 없었다.

그나마 확보한 증인은 말을 바꾸거나 쥐도 새도 모르게 실종되어 버린다.

경찰도 언론도 그의 답답함을 풀어주진 못했다.

한국에서 칠상파와 그들의 뒤를 봐주는 세력은 참으로 거대했다.

하지만 그대로 가만히 있을 최수빈이 아니었다.

그 역시 누구도 무시할 수 없는 거물이었던 것이다.

암담한 상황에서 그가 떠올린 방법은 동생의 이야기를 영화화하는 것이었다.

흥행을 통해 사건이 이슈가 된다면 제아무리 한국 사회에서 힘이 센 적이라고 할지라도 무대 위에서 낱낱이 까발려질 수밖에 없으리라.

하지만 '우상'의 흥행 후에도 사건은 이슈가 되지 않았다.

이미 자신을 감시하고 있던 세력들이 온갖 방법을 동원해 사람들의 눈과 귀를 막았다.

게다가 오랜 지병까지 악화되면서 그는 점점 자신에게 남은 시간이 얼마 되지 않는다는 사실을 알았다.

그래서 그는 자신보다 더 영향력 있는 누군가의 도움이 필요했다.

일거수일투족에 사람들의 관심이 집중되고, 기자들과 팬들이 24시간 따라붙으며, 인터넷과 TV, 영화관에서 언제든 얼굴을 볼 수 있는 톱스타의 도움이…….

그것이 그가 태웅에게 몰두했던 가장 큰 이유였다.

그의 꿈 중 하나가 배우였다는 것, 그리고 태웅의 연기를 보고 깊은 인상을 받았다는 것은 부차적인 이유였다.

＊　　　＊　　　＊

"그래서 지금 하신 말씀대로라면 영화 속 내용이 실화를 기반으로 하고 있다는 것이죠?"

"그렇습니다."

"만약 그게 사실이면 이건 정말 놀라운 일이네요. 그런 사건이 전혀 이슈도 안 되고, 제대로 된 수사도 없었다… 누가 그걸 막고 있을까요?"

"그건 대략적으로 알고 있지만, 어디까지나 검경이 밝혀야 할 일이라고 생각합니다."

예상대로 이연석 앵커는 태웅의 말에 강한 호기심을 보였고, 말을 도중에 끊거나 방송을 중지하지도 않았다.

다만 시간 체크를 하며 최대한 태웅이 핵심을 이야기하도록 유도했을 뿐이었다.

"대단히 흥미로운 얘기입니다만 아쉽게도 시간상 끝까지 듣지는 못할 것 같고요. 사실 김태웅 씨가 방금 밝힌 내용은 사전에 합의한 이야기가 아니라 저로서도 다소 당황스러웠습니다."

"놀라게 했다면 죄송합니다."

"아니, 그러실 필요는 없고요. 다만 향후 좀 더 자세한 이야기를 나눴으면 하는 소망은 있네요. 그에 대해서는 따로 말씀을 드리겠습니다."

"네, 감사합니다."

충격과 논란의 '뉴스원' 방송이 끝난 후 인터넷은 다시 한번 태웅이 일으킨 태풍에 이리저리 휩쓸리고 말았다.

⟨칸 남우주연상 김태웅, 영화 '우상'의 비밀에 대해 밝히다!⟩
⟨충격적인 '우상'의 진실! 검사의 죽음을 은폐한 세력은?⟩
⟨감춰진 어느 검사의 쓸쓸한 죽음. 경찰의 재수사를 요구하는
목소리 빗발쳐⟩

기사도 적지 않게 쏟아졌다.

이번에는 워낙 파급력 있는 종편의 뉴스에서 생방송으로
나간 사실이기에 언론에서도 잠자코 있을 수만은 없었다.

"이번 기회를 놓치면 다시는 칠상파를 치기 어려울 겁니다.
이렇게 언론에 이슈가 되고 있는 시점이라면 제아무리 윗선이
라고 해도 수습하기 어렵죠."

오랜만에 방문한 최수빈의 사무실.

태웅은 여전히 파리한 안색의 그를 보고 깜짝 놀랐다.

당장에라도 쓰러질 것처럼 삐쩍 말라 있었는데 퇴원을 했다
는 사실도 뜻밖이었다.

"준비는 이미 다 끝내놨습니다. 제가 도중에 죽지 않는 한,
적어도 칠상파의 보스를 포함해 고위층 대여섯 명은 감옥에
갈 겁니다. 잘하면 그 뒤를 봐주고 있는 높으신 분들도 물먹
일 수 있을 거고요."

그는 자신만만하게 말했다.

"기대하겠습니다. 그런데 몸은 좀 괜찮으세요?"

태웅의 질문에 그는 씨익 웃었다.

마치 해골이 웃는 것 같았다.

"물론입니다. 컨디션 최고예요."

'최고 같은 소리 하고 있네.'

허세 부리지 말라는 말이 목구멍까지 치솟았다.

"어쨌든 핵폭탄을 터뜨렸으니 아무도 태웅 씨를 건들지 못할 겁니다. 적어도 이 광풍이 지나갈 때까지는 말이죠."

"그럼 나중에는 밤길 가다가 칼 맞을 수도 있다는 거군요."

"설마요. 그전에 나쁜 놈들을 다 처단하면 되는 거죠. 하하하."

유쾌하게 웃는 그를 보니 태웅은 자신도 모르게 미소가 지어졌다.

"저도 나름대로 보호를 해드리겠지만, 무엇보다 스스로 조심하셔야 합니다. 전 이제부터 칠상파 치는 일에 사활을 걸겁니다. 태웅 씨는 인터뷰에서 누가 물어보면 기탄없이 얘기만 잘해주시면 되고요."

"정말 그거면 됩니까?"

"태웅 씨, 존재 자체가 움직이는 광고판입니다. 최고의 홍보수단이죠. 그것만으로도 어마어마한 힘이 됩니다."

태웅은 앞으로 누가 물어보든, 어떤 협박을 하든 아랑곳하지 않을 생각이었다.

어차피 그는 이제 한국 영화계를 떠나 할리우드로 간다.

"그런데 보호를 해주겠다는 게 무슨 말입니까?"

"경호원 말입니다. 저한테 붙어 있는 친구들은 세계 각지의 특수부대 출신입니다. 일상생활이 방해가 되지 않게 주의하면 서도, 위험할 때는 누구보다 신속하게 나타나죠."

"무슨 닌자 같군요."

"싸움은 닌자보다 더 잘할 겁니다. 태웅 씨에게도 이미 그런 친구들이 붙어 있습니다."

"네? 진짜요?"

"전혀 눈치 못 채셨죠? 그럼 된 겁니다. 지금 얘긴 못 들은 걸로 하세요."

태웅은 어이가 없었다.

이미 사람을 붙여놨다는 소릴 하곤 못 들은 걸로 하라니.

"고맙긴 하다만 그럴 필요 없어요. 난 누구한테도 안 당합니다."

"본인이 무슨 불사신이라도 되는 줄 아시나 본데, 총칼에는 장사 없습니다."

"여기가 무슨 미국도 아니고 총이 왜 나옵니까?"

"그런 거 신경 안 쓰고 총을 갈겨댈 수도 있다는 거죠. 그만큼 태웅 씨의 적들은 이 나라에서 엄청난 힘을 가지고 있습니다."

태웅은 어깨를 으쓱했다.

"기왕 해줄 거면 나보다는 동생이랑 친구들을 좀 해줬으면 좋겠네요."

"이미 다 붙어 있습니다."

"…뭐라고요?"

"태웅 씨 소속사 식구들은 물론이고 가족분들까지."

정말 남의 의견 따윈 묻지도 않고 사생활 침해를 하고 있는 것 같다.

하지만 세계 최고 수준의 보디가드들을 자신의 사람들에게 붙여 보호를 해주고 있다는 데 딱히 뭐라고 하기도 그렇다.

"고맙습니다만, 다음부턴 동의를 꼭 구하시길 바랍니다."

"명심하죠."

태웅은 한숨을 쉬었다.

이 남자와는 이제 완전히 한배를 타게 된 것 같다.

*   *   *

경찰에서는 해당 사건에 대한 재수사에 들어간다고 언론에 밝혔다.

검찰에서는 침묵을 지켰고, 언론에서는 예전과 달리 시끄럽게 떠들어댔다.

그러한 와중에도 태웅은 태연하게 미국으로 출발할 준비를 마쳤다.

칸에서 만난 영화 제작자 칼리드 유스테판과의 약속 때문이었다.

'쇠뿔도 단김에 빼랬다고, 아예 계약을 하고 와야겠다.'

엘런도 만나고, 섬 피어스와도 다시 한잔을 나누고 싶은 마음이 들었다.

이제 인터뷰도 어느 정도 했겠다, 더 한국에 머물고 있어 봐야 귀찮은 일들뿐일 것이다.

"이렇게 그냥 가시는 건가요?"

비행기 표를 예매하라는 말에 고서윤은 어안이 벙벙해졌다.

"응. 뭐가 어때서?"

"아직도 사무실 업무가 마비될 만큼 전화벨이 울리고 메일함이 터져 나갑니다. 수습이 필요할 것 같습니다만."

"나한테 로밍해 놓으면 되지. 뭐 그런 걸 가지고 그래?"

이번에는 고서윤과 태선, 두 사람만 데리고 갈 생각이었다.

귀국하자마자 한국 영화계의 관심이 쏟아졌고, 뉴스원에 출연하여 영화 우상에 대한 핵폭탄을 터뜨린 그는 일반인들에게도 엄청난 인지도를 쌓고 있었다.

어디를 가든 알아보는 사람들이 있었고, 여기저기서 사진을 찍고 말을 걸어왔다.

그런 일들에 익숙하긴 했지만 가끔 휴식이 필요했다.

"최수빈 씨가 신변 보호는 잘해줄 거야. 그래도 혹시 모르니 조심들 하고."

세계 각지 특수부대 출신 경호 부대를 고용하는 인간이다.

그런 그가 보디가드를 지원해 준다는 사실이 든든하기 그지없었다.

"미국 갔는데 킬러라도 있으면 어쩌죠?"

"네가 처치하면 되지. 난 그 킬러가 불쌍하다."

태웅은 빙긋 웃었다.

애당초 공개적으로 우상의 진실에 대해 밝힌 이유가 있다.

이미 이 일로 전국적인 유명세를 얻게 된 지금, 그들은 절대 태웅을 건드릴 수 없을 것이다.

태웅에게 무슨 일이 생기는 순간 시선을 한 몸에 받게 될 테니까.

"이제부터 난 여드름만 나도 칠상파의 소행이라고 떠들고 다닐 테니까 위험한 짓은 안 당할 거야. 비즈니스석으로 예매해."

할리우드.

마음의 고향과 같은 곳으로 돌아간다는 생각에 그는 묘한 기분이 들었다.

*　　　　*　　　　*

'결심, 하다'가 전국 1,600개 스크린에서 개봉했다.

당초 예상일보다 다소 앞당겨졌는데, 칸 남우주연상 수상의 특수를 노린 조기 개봉이었다.

무대 인사에서 태웅에게 수많은 질문들이 쏟아졌다.

"뉴스원에서 말씀하신 게 전부 사실인가요?"

"혹시 방송 이후 위험한 일을 당하지는 않으셨나요?"

"할리우드 진출설이 있던데 한국에서 언제까지 활동하실 계획이십니까?"

그는 피하거나 얼버무리지 않고 모든 질문에 최선을 다해 답했다.

"뉴스원에서의 발언은 모두 사실에 근거한 말입니다. 다행히 여러분의 염려와 관심 덕분에 아무런 일도 일어나지 않고 있고요! 할리우드는 러브 콜이 온 몇 군데를 중심으로 출연을 논의 중입니다. 설령 출연을 하게 된다고 해도 한동안은 양국을 오가며 활동할 예정입니다!"

화제의 주인공인 태웅이 출연한 영화에 개봉 직후부터 엄청난 관객들이 몰렸다.

겨우 이틀 만에 170만 관객이 몰리며 태웅의 티켓 파워를 입증했다.

일각에서는 스크린 독과점 문제를 제기하며 당연한 관객 수라고 까 내렸지만, 거대 배급사를 낀 다른 최신 개봉작들이 2,000개를 넘어서는 개봉관을 점유한 것에 비하면 그나마 합리적인 수준이라고 할 수 있었다.

연일 뉴스를 장식하고 있는 태웅의 유명세, 중국의 떠오르는 샛별 메이린의 인기, 그리고 작품 자체의 스케일과 작품성, 대중성을 발판으로 '결심, 하다'는 34일 만에 천만 관객을 돌파했다.

출연한 두 영화가 모두 천만 관객을 넘어서면서, 태웅은 명실상부한 충무로 최고의 스타 배우로 등극했다.

단 두 작품 만에 그에게 따라붙은 별명은 '흥행보증수표'였다.

*　　　*　　　*

태웅은 아무도 모르게 모든 스케줄을 비우고 할리우드로 출발했다.

후반 작업 중인 '치명적 러브'의 개봉일이 확정되기까지는 시간이 있었기에, 그사이에 차기작 출연 계약을 확정 지을 생각이었다.

"공항에서 이렇게 여유로웠던 건 오랜만이군요."

고서윤이 주위를 둘러보곤 신기하다는 듯 말했다.

11시간의 비행을 거쳐 도착한 로스앤젤리스 공항에는 그를 취재하기 위해 나온 기자는 한 명도 없었다.

모자를 푹 눌러쓰고 선글라스를 썼던 한국에서와는 달리, 완전히 다 벗고 맨 얼굴을 드러내고 활보했음에도 딱히 그를 신경 쓰는 사람이 없었다.

'역시 아직 월드 스타가 되기에는 턱없이 부족하군.'

칸 영화제 수상이 얼마 되지도 않았건만 세상은 쉽게 그를 잊어버린다.

배우도 감독도 작품도 넘쳐난다.

언제 어디서나 빛이 나는 스타가 되려면 아직 갈 길이 멀다.

"우와, 여기가 미국이구나."

프랑스 칸에 이어 미국 땅까지 밟은 태선이 주위를 둘러보며 감탄했다.

굳이 함께 올 필요는 없었지만, 좀 더 넓은 세상을 구경시켜 주고 싶은 마음에 데리고 왔다.

어린아이처럼 두리번거리면서 눈망울이 초롱초롱해지는 게 꽤 귀엽다.

"수속 마치시고 숙소로 이동하시죠."

고서윤은 이미 숙소 예약부터 식사 장소까지 모든 스케줄을 정해놨다고 한다.

정말 매니저 하나는 잘 둔 것 같다.

그런데 왠지 너무 거침없이 가는 것 같다.

"여기 와본 적 있어?"

"물론입니다. LA는 벌써 세 번째군요."

나름 자신만만해하는 것 같아서 태웅은 씨익 웃었다.

'자식, 나는 여기서 아예 살았다.'

그 스스로 머물 만한 숙소와 맛집 등을 꿰고 있지만, 얼마나 센스가 있는지 알아보기 위해 고서윤이 정한 곳으로 향하기로 했다.

"맨해튼이 어디야? 브루클린 현수교는?"

태선의 말에 고서윤이 어리둥절한 듯 대답했다.

"그건 뉴욕입니다만."

"그, 그래? 여기 있지 않아? TV에서 분명 본 것 같은데……."

"전혀 아닙니다."

민망해하는 태선을 태웅이 놀렸다.

"왜? 아예 자유의 여신상으로 데려달라고 하지. 에펠탑은 안 찾고?"

"뭐야! 왜 놀려?"

입을 삐쭉거리는 그녀의 배에서 꼬르륵 소리가 났다.

"배고프다. LA까지 왔는데 원조 LA갈비나 먹어볼까?"

"LA갈비의 LA는 부위를 얘기하는 겁니다. LA가 원산지는 아닙니다만."

붉으락푸르락한 얼굴로 자신을 노려보는 태선을 이해하지 못하겠다는 듯 고서윤이 고개를 갸웃했다.

"무슨 문제라도?"

"아 나도 알아! 개그도 못해? 개그도!"

씩씩거리며 앞장서는 태선을 본 태웅이 소리쳤다.

"어디 가? 그쪽 아닌데."

　　　　*　　　　　*　　　　　*

"뭐야? 5성급 호텔을 잡았잖아?"

미국이나 유럽의 숙소는 평균적으로 좋다고는 할 수 없는 수준이었기 때문에, 고서윤은 최대한 좋은 숙소를 잡았다고 했다.

엄청난 숙박비에 입이 떡 벌어질 지경이었다.

"예산의 한계가 있었다고는 말씀 안 하셨습니다."

"…잘했다."

짐을 푼 후 태웅은 골똘히 생각에 잠겼다.

엘런이 차렸다는 AL에이전시는 할리우드 시내에 있다고 했고, 자신의 예전 집은 비버리 힐스에 있다.

집·주변에 생전 그가 설립했던 자선 재단 부지가 위치하고 있었다.

셋 중 한 군데에 엘런이 살고 있을 것이니 그를 찾는 것을 딱히 서두를 필요는 없다.

그렇다면 일단 칼리드 유스테판부터 만나서 영화 제작을 논의해야겠지.

"고 매니저."

"무슨 일이시죠?"

갑자기 매니저 호칭을 붙여서 얘기하자 고서윤이 긴장했다.

이럴 때면 곤란한 부탁을 한다는 것을 경험으로 알고 있기 때문이다.

"여기서 태선이하고 놀고 있어. 난 좀 돌아다니다 올 테니까."

그는 당연한 듯 고개를 저었다.

"이곳 지리도 잘 모르시면서 왜 혼자 다니십니까? 미국은 치안이 그리 좋은 곳이 못 됩니다. 동행하겠습니다."

"그럼 태선이는 혼자서 뭐 하라고? 여동생 혼자 호텔 방에 있으면 내 맘이 편할 거 같아?"

"다 같이 가시는 건 어떨까요?"

"안 돼. 혼자만의 자유를 누리고 싶어. 그리고 가볼 곳도 있고."

끝까지 고집을 부리면 기절이라도 시키려고 했지만, 다행히 그는 고개를 끄덕였다.

"알겠습니다. 부디 조심하십시오. 연락은 꼭 받으시고요."

"걱정 마. 금방 올 테니까."

태웅은 홀가분한 기분으로 호텔 방을 나섰다.

오랜만에 피부로 전해지는 할리우드 시내의 공기를 느끼며 그는 몸을 부르르 떨었다.

'돌아왔구나. 이 지긋지긋한 곳에.'

그에게 부와 명성을 안겨 주었고, 실패와 절망, 죽음을 안겨 준 곳.

세계 영화 시장의 70퍼센트를 점유하고 있고, 총수익 40퍼센트를 벌어들이고 있는 영화 산업의 중심지.

할리우드에 다시 오니 온갖 종류의 감정이 쏟아져 들어왔다.

명예의 거리에는 영화 캐릭터 분장을 한 사람들이 곳곳에서 사람들의 시선을 끌고 있었다.

'칼리드의 스튜디오가… 가만 있자. 돌비 극장 쪽에 있던가?'

아카데미 시상식이 열리는 돌비 극장 근처에 칼리드의 스튜디오가 있었다.

땅값이 무지막지하게 비싼 곳이건만, 계란 노른자 위 같은 곳에 자리 잡고 있다.

그다지 바뀐 곳이 없어서 태웅은 어렵지 않게 '스튜디오 유스테판'을 찾았다.

입구로 들어가니 경비가 그를 막아섰다.

"무슨 일입니까?"

"칼리드 유스테판을 찾아왔는데."

훤칠한 외모긴 했지만 평범한 캐주얼 차림의 동양인이라 그런지 경비의 표정이 못마땅해졌다.

"대표님을요? 약속은 하셨습니까?"

"했지. 안에 있나?"

경비는 다시 한번 그를 위아래로 훑어보았다.

"이름이 어떻게 되십니까?"

"김태웅."

역시나 마음에 안 드는 동양인이다.

할리우드에서 잘나가는 동양인이래 봐야 손에 꼽는다.

경비인 그가 모른다면 딱히 대단한 작자는 아닐 것이다.

아무리 봐도 들여보내선 안 되겠다 싶어 출입을 제지하려 다가서는데, 그가 고개를 치켜들곤 입을 연다.

"나 바쁜 사람이니까 빨리 안내해. 여기 계약만 있는 게 아니니까."

그의 허세에 경비는 잠시 움찔했다.

뭔가 있어 보이는 사람인 척하는 잡상인이나 사기꾼들, 정신병자들이 한둘이 아니다.

하지만 그렇다고 해서 자의적인 판단으로 내쳤다가는 나중에 호된 꼴을 당할 수도 있다.

갈등하고 있는 사이 태웅은 그를 지나쳐 건물 안으로 들어갔다.

"자, 잠깐만… 확인을……."

"나 들어간 후에 천천히 해봐. 칸 남우주연상 김태웅. 검색하면 바로 나올 테니까. 어디 보자… 대충 이쯤이겠네."

태웅은 경비에게 씨익 웃어보이곤 건물 안을 살폈다.

벽에 붙은 약도를 보니 칼리드의 사무실은 최상층에 있는 것 같다.

'다행히 안에 있나 보다. 헛걸음은 안 했군.'

워낙 바쁜 할리우드 제작자다 보니 회사에 없을 확률도 많았다.

지금 자리에 있다는 것은 한가하거나 회사에 중요한 미팅 같은 게 있다는 뜻일 터.

건물 안에 지나다니는 사람들이 태웅을 보곤 대수롭지 않은 듯 스쳐 지나갔다.

동양인 배우나 영화 스태프도 많은 만큼 딱히 이상하게 생각할 리는 없다.

뛰어난 눈치로 칼리드 유스테판의 방을 찾은 태웅은 문을 두드렸다.

똑똑―

그러자 안에서 신경질적인 소리가 들려왔다.

"뭐야? 밖에 걸어둔 것 안 보여!"

익숙한 목소리로 봐선 칼리드가 맞다.

문고리를 보니 'Do not come in'이라고 적힌 종이가 걸려 있다.

그는 피식 웃고는 벌컥 문을 열었다.

그러자, 소파 위에서 반쯤 헐벗은 여자와 뒹굴고 있던 그가 화들짝 놀란다.

"이런 제기랄. 죽고 싶어! 누가 허락 없이 내 방에……."

열받아 소리치던 그가 태웅의 얼굴을 보곤 멈칫했다.

"아니, 당신은… 태웅 김?"

"벌건 대낮부터 뭐 하는 짓이야? 그것도 사무실에서."

태웅은 핸드폰을 꺼내 보기 흉한 몰골을 하고 있는 칼리드의 사진을 한 장 찍었다.

"퍽! 뭐 하는 거야?"

"그냥 웃기는 광경이라서."

"넌 나가!"

칼리드가 여자에게 고갯짓을 하자 당황한 표정의 여자가 황급히 옷을 입는 둥 마는 둥 하고 달려 나갔다.

"타이밍이 영 좋지 못했구먼. 이건 사과하지."

태웅은 소파에 털썩 앉아 허겁지겁 바지를 올리고 있는 그는 바라보았다.

"약속이라도 하고 왔어야지. 이렇게 불쑥 오면 어떻게 해?"

"미안. 내가 당신 연락처를 잃어버렸거든. 그래서 그냥 날아왔지."

"뭐야? 그럼 정말 무작정 찾아온 거야?"

그는 어이가 없다는 반응이었다.

"아무나 다 들여보내 주다니, 죄다 잘라 버려야지……"

"시끄럽고, 배역은 준비해 놨어?"

태웅의 말에 칼리드는 어깨를 으쓱했다.

"배역이란 게 무슨 하늘에서 갑자기 뚝 떨어지는 것도 아니고, 공장에서 찍어낼 수 있는 것도 아니잖아? 당신한테 어울리는 배역이 생기면 연락하려고 했다고."

"휴……."

태웅은 한숨을 쉬었다.

아무래도 자신의 말을 이해 못 한 것 같았다.

"없으면 만들어야지. 다시 한번 물을게. 배역 있어, 없어?"

"아니… 무슨 배역 맡겨둔 것도 아니고……."

말을 이으려던 그는 눈을 부라리는 태웅을 보고 침을 삼켰다.

"좋아, 자네에게 배역을 주려 했던 건 사실이야. 그때 우리가 얘기했던 게 히어로 영화의 악역이었지?"

"잘 기억하고 있군."

역시 흘러가듯 그냥 한 말이 아니었다.

칼리드 역시 태웅을 인상 깊게 보고 있었고, 칸 영화제가 끝나고 자국으로 돌아와서도 잊지 않았다.

"근데 사정이 바뀌었어. 자네가 칸 남우주연상을 수상해 버렸잖아? 그래서 악역을 주기가 이상해졌단 말이야."

"그런가?"

"당연하지! 칸 영화제 남우주연상을 갓 수상한 따끈따끈한 배우에게 그런 배역을 주면 내 입장도 이상해져. 언론도 입방아를 찧어대겠지. 감독도 부담스럽고."

"그래서 대안은?"

"조만간 벤 하프만 감독의 신작이 들어가지. 아주 대단한 프로젝트가 될 거야. '삼총사'를 미국식으로 해석한 거거든."

그의 말에 태웅은 흥미가 생겼다.

"미국식이라면 배경이 21세기인가?"

"아니, 서부 시대라네. 물론 올드한 서부극이 아니라 아주 트렌디한 액션물이 될 거야. 달타냥과 세 명의 총잡이가 등장하지."

"오호."

간단한 설명만으로도 구미가 확 당기는 작품이었다.

누구나 아는 고전인 삼총사에 서부극이라는 요소를 혼합한, 전형적인 상업 영화!

"그래서, 거기서 무슨 배역을 준다는 거지?"

"삼총사 중 하나를 주겠다는 말이야! 굉장히 비중 있는 배역이 되겠지."

엄청난 제안이었다.

칸 남우주연상을 수상하긴 했지만 아직 세계 최고의 메이저 시장인 할리우드에서는 신인.

그것도 동양인인 그에게 주는 배역으로는 과분할 정도였다.

"그것도 괜찮은데, 달타냥은 어때?"

"다, 달타냥?"

칼리드는 제자리에서 펄쩍 뛰어오를 정도로 놀랐다.

"뭐 반응이 그래? 당신이 그렇게 호언장담할 정도라면 그 정도는 줘야지."

"달타냥은 주인공이야! 게다가 이 작품은 서부극이라고! 최
소한 떠오르는 백인 슈퍼스타를 쓸 생각이란 말이야."

"거참, 진부한 소리하고 있군. 할리우드 최고 제작자라는 양
반이."

태웅은 못마땅한 듯 일어나 그의 어깨를 툭툭 두드렸다.

"좀 더 깨어 있는 제작자가 되어봐. 난 충분히 괜찮을 거라
고 생각하는데?"

그의 눈빛을 마주 보던 칼리드가 한숨을 푹 쉬었다.

"생각해 보지. 그런데 자네, 내가 알던 누구랑 눈빛이 너무
비슷해. 말투도 그렇고."

태웅은 속으로 헛웃음이 났다.

'이제야 알아보나 보네.'

하지만 그는 고개를 저으며 미소 지었다.

"기분 탓이야, 칼리."

S# 4
삼총사 출연 계약을 맺다

칸에서 돌아온 후 강지나는 한동안 정신없이 일했다.

유지니에게 수많은 러브 콜이 쏟아졌고, 키우고 있던 신인 배우들이 연달아 촬영에 들어갔기 때문이었다.

그리고 강창구는 10년 만에 복귀한 정홍 감독의 영화 '나쁜 배우'를 찍고 있는 중이었다.

ROD는 그녀가 맡은 후 안정된 스타 제조 시스템을 확립, 승승장구하고 있었다.

원래 강점이었던 아이돌 외에도 배우들까지 체계적으로 관리하는 시스템을 구축했으며 다수의 PD들까지 영입, 자사의 가수들과 배우들이 나오는 예능 프로그램을 제작했다.

트레이닝부터 데뷔, 그리고 예능으로 이어지는 인큐베이팅 시스템으로 연달아 히트 상품을 내고 있었다.

〈ROD의 광폭 행보! 국내 최고의 기획사로 우뚝 서다!〉
〈연예계의 떠오르는 거성 ROD의 수장 강지나 대표〉

더불어 아름다운 외모에 해외 유학파 출신이라는 이미지, 그리고 지성까지 겸비한 그녀는 언론의 주목을 받고 있었다.

마냥 기쁘기만 하련만, 그녀는 요즘 울적한 기분이었다.

마음속에 품고 있는 배우, 김태웅 때문이었다.

뉴스원 사건 이후 수많은 인터뷰가 쇄도했고, 논란의 중심에 선 그는 얼굴 볼 시간도 없을 정도로 바빴다.

'갑자기 할리우드로 날아가 버릴 건 뭐람?'

연락도 없이 훌쩍 가버린 그가 섭섭하기 그지없었다.

애당초 국내시장은 안중에도 없는 것처럼 보였는데, 이번 행동으로 보아 확실해졌다.

하지만 아무리 칸 영화제 남우주연상을 수상했다고 해도 할리우드에서 스타가 되는 건 쉽지 않은 일이다.

'내가 왜 이런 생각을 하지? 그 사람이 잘되길 빌어줘야 하는데……'

태웅의 성공을 축하하면서도, 한편으로는 왠지 그와 멀어지는 기분이 들어 슬퍼지는 것은 어쩔 수 없었다.

"누나, 뭐 해?"

그녀가 고개를 드니 강창구가 뻐기는 듯한 표정으로 자신을 내려다보고 있었다.

"응? 왜?"

"왜냐니. 벌써 몇 번째 말하는 거야? 나 촬영 갔다 왔다니까."

"근데?"

"근데라니? 내가 오늘 촬영장에서 얼마나 활약했는지 듣고 싶지 않아? 오늘 정홍 감독님이 나한테 10년에 하나 나올 재목이라고 했어. 이렇게 무섭게 연기가 발전하고 있는 배우는 처음이라나?"

"응. 좋네."

"헐… 이 영혼 없는 반응은 뭐야? 이 몸이 촬영을 했다니깐?"

어처구니없어하는 동생을 무시하며 그녀는 데스크톱으로 태웅의 기사를 검색했다.

"촬영 끝났으면 어서 가서 쉬어."

"아니, 나 엄청 칭찬 받았다니까? 그리고 또 뭐라고 했냐면……."

"시끄러! 빨리 가서 쉬지 못해? 배우가 촬영한 걸 가지고 뭘 그리 유세를 떨어? 당연한 거지."

"제, 제길……."

갑자기 버럭 소리를 지르는 누나의 반응에 강창구는 찬물을 홀딱 뒤집어쓴 거지처럼 그녀의 방에서 도망치고 말았다.

*　　　*　　　*

벤 하프만 감독은 스타일리시한 액션 영화로 유명한 할리우드의 거장 감독이다.

데뷔작 '호수의 자칼'은 끊임없는 화장실 유머와 욕설, 그리고 유혈이 낭자한 화면으로 단숨에 B급 영화 마니아들의 눈길을 사로잡았다.

이후 연달아 특유의 잔인하고 화려한 액션을 내세운 영화를 연출, 히트시키며 할리우드 최고의 흥행 감독으로 떠올랐다.

그런 그가 지금 몹시 화가 나서 언성을 높이고 있다.

제작자 칼리드 유스테판의 사무실에서 말이다.

"이봐요, 칼리드. 이거 너무한 거 아닙니까?"

씩씩거리는 그에게 칼리드가 타이르듯 말했다.

"진정해. 가서 머리라도 좀 식히고 와서 다시 얘기하든가."

"아니, 난 지금 얘기해야겠어요. 도대체 무슨 생각입니까? 그런 신출내기 동양인을 갑자기 주인공으로 캐스팅하라고 하면 제가 그대로 따를 줄 알았나요? 여기가 무슨 동네 어중이떠중이들 모인 영화 동호횝니까?"

칼리드는 한숨을 쉬었다.

화가 나면 물불 안 가리고 질러 버리는 성격인 건 알았지만, 자신에게도 이렇게 멱살잡이를 할 듯 덤벼들 줄은 몰랐다.

"벤. 난 자네가 좀 더 예의를 갖춰서 말해줬으면 좋겠군. 잘 나가는 감독의 명성에 어울리는 품격까지 갖춰서 말이야."

"웬만하면 그러겠지만 지금은 당신 역시 나에게 무례한 것 같은데요. 캐스팅은 감독의 고유 권한 아닌가요?"

"당연히 아니지."

칼리드는 피식 웃었다.

"아마추어 같은 소리를 하고 있군. 캐스팅이 어떻게 감독만의 권한이지? 이 바닥의 생리를 아는 사람이 할 법한 말은 아닌데."

그의 말대로 캐스팅은 절대로 감독의 고유 권한일 수 없었다.

수천만, 수억 달러가 투입되는 할리우드 영화는 수많은 사람들의 입김을 쏘일 수밖에 없다.

영화 한 편, 한 편이 거대한 자본과 인력이 투입되는 대공사나 다름없는 것이다.

감독 역시 이 거대한 산업에서 하나의 부품에 불과할 뿐.

업계에 잔뼈가 굵은 벤 역시 그걸 모르는 바가 아니었다.

다만 너무 흥분한 나머지 원론적인 이야기를 한 것뿐이다.

"전 상업적인 관점에서 의견을 제시하는 것일 뿐입니다. 동양인 배우가 서부극 판 삼총사의 주인공이라… 사람들이 볼 거라고 생각하세요?"

벤이 한발 물러섰다.

욱한 마음에 지르긴 했지만, 칼리드는 이 바닥에서 누구도 함부로 대할 수 없는 힘과 권력을 가진 거물이다.

선을 지나치게 넘으면 곤란해진다.

칼리드 역시 노기가 가라앉은 듯 차분한 목소리로 입을 열었다.

"이제야 좀 이성적인 대화를 할 수 있겠군. 그래, 자네 말도 일리가 있어. 그러니까 난 제안을 한 것뿐이야. 자네가 직접 보고 판단하라 이거지. 사실 나도 달타냥보다는 삼총사 쪽 배역을 생각하고 있었네. 개인적으로는 아토스나 포르토스 쪽이 어울릴 것 같아. 하지만 본인이 강력하게 달타냥 역할을 원하고 있거든."

"하아… 정말 어이없는 친구로군요."

벤은 이해가 되지 않았다.

솔직히 칼리드 정도의 거물이라면 그런 요구는 그냥 내치면 그만이다.

아무리 최근 칸에서 남우주연상을 수상한 배우라고 해도 말이다.

그런데 그걸 받아주고 있다는 것은, 다른 이유가 있다는 뜻.

'백이 얼마나 **빵빵**하길래… 이 인간이 이렇게 나올 정도면 적어도 하원의원급 정도는 되나 보군.'

그 자신도 무시 못 할 힘을 가지고 있는 할리우드 최정상의 제작자가 바로 칼리드 유스테판이다.

그런 그가 무리한 제안을 한다는 것 자체로도 그 동양인 배우는 막강한 배경을 갖추고 있는 것이 분명하다.

"당신도 어쩔 수 없는 사정이 있나보군요."

"사정은 무슨… 난 그냥 좋은 배우를 소개해 주는 것뿐이네."

부정하긴 했지만 이미 벤은 자신의 추측을 기정사실화하고 있었다.

물론 설령 그렇다고 해도 쉽게 고집을 꺾을 생각은 없다.

"일단 오디션은 봐야겠습니다."

"좋아. 내일 시간 되나? 그 친구와 미팅을 잡아주도록 하지."

벤은 고개를 끄덕였다.

개인적인 호기심이 치밀어 오르기도 했다.

그가 출연한 영화를 아직 보지 못했기에, 연기력과 스타성이 얼마나 있는지도 궁금했다.

"부디 쓸 만한 재목이길 빕니다. 전 이 영화에 사활을 걸고 있다고요. 제가 얼마나 기다려 온 프로젝트인지 아시지 않습니까?"

"그럼 알다마다. 어디 자네만 아끼는 프로젝트인가? 나 역시 기획 단계부터 홀딱 빠졌었다고. 어쨌든 내일은 부디 맨정신으로 오길 바라겠네. 이성적이고 합리적인 판단을 해야 하니까."

칼리드가 그의 어깨를 두드리며 다독였다.

언뜻 비치는 싸늘한 눈빛을 보고 벤은 가슴을 쓸어내렸다.

하마터면 선을 꽤 많이 넘어버릴 뻔했다.

만약 그랬다면 자기 목이 날아갔을 수도 있다.

하지만 감독으로서의 자존심이란 게 늘 이성대로만 움직이게 하지는 않는다.

'태웅 김이라고 했지. 결코 호락호락 당하지는 않을 거다. 이 영화는 내가 10대 때부터 시퀀스 하나하나를 다듬었던 작품이야. 내 필생의 역작이 될 거라고!'

*   *   *

칼리드로부터 감독과의 미팅을 잡았다는 사실을 들은 태웅은 회심의 미소를 지었다.

─꽤나 노발대발하더라고. 워낙 꼴통이니 얘기 잘해야 할 거야.

"나보다는 덜 꼴통이겠지. 안 그래요?"

─당연하지. 어쨌든 잘해봐. 얘기가 잘 안 돼도 가급적 자

네 의견을 고려해 주긴 하겠지만.

"걱정 따윈 접어둬요."

벤 하프만이라면 익히 알고 있는 감독이다.

다혈질 중의 다혈질로, 촬영장에서 배우와 멱살잡이를 한 적도 여러 번 있었다.

오디션을 꼭 봐야겠다고 했다는데, 오히려 이쪽에서 환영이다.

통화를 마친 태웅의 다음 목적지는 근처에 있는 AL에이전시였다.

엘런과 라이더의 앞 글자를 따서 만든 오글거리는 이름의 기획사.

무엇보다 대표인 엘런을 찾을 확률이 높은 곳이었다.

워낙 유명한 곳이다 보니 행인들에게 물어서 어렵지 않게 찾아갈 수 있었다.

30분쯤 걸어 도착한 AL에이전시는 칼리드의 제작사 못지않게 으리으리한 건물이었다.

'쓸데없는 돈을 쓰고 있군. 만나면 확 때려줄까 보다.'

할리우드의 땅값은 어마어마한 수준이다.

20세기 초 미국 동부에 몰려 있던 영화 제작사들이 규제와 비싼 땅값을 감당하지 못하고 땅값이 싼 캘리포니아주 남부로 몰려들면서 할리우드가 탄생했다.

지금은 그 이유가 무색하게 세계적인 명소가 되면서 비싼 땅값을 자랑하는 곳이 되었다.

이런 장소에 저런 건물과 사무실이라니 못마땅하기 그지없었다.

"여기 들어가서 뭐 하려고?"

갑자기 들려오는 목소리에 태웅은 고개를 돌렸다.

땅딸막한 키에 훤하게 벗겨진 대머리, 불쑥 튀어나온 배.

다리가 짧아서 입고 있는 버버리 코트의 끝자락이 바닥에 질질 끌리고 있었다.

"오한수!"

시스템의 요정 오한수를 본 태웅의 얼굴이 일그러졌다.

"여기 들어가서 뭐 할 거냐니까."

"엘런을 만날 건데. 무슨 상관이지?"

"흐음. 만나는 거야 상관없지만 한 가지 규칙이 있어."

"무슨 규칙?"

그때 그의 귓가에 또렷한 시스템 메시지 음성이 들려왔다.

['배우의 꿈' 시스템에서 무명 스턴트맨 출신 배우인 당신은 스스로의 힘으로 월드 스타가 되어야만 합니다.]

[전생의 인맥을 이용할 수는 있으나, 당신의 정체를 밝혀서는 안 됩니다.]

[스스로 정체를 밝힐 경우, 상대의 믿음 여부와 상관없이 대량의 페널티가 부과됩니다.]

[페널티는 기본 라이프 포인트 200 감소부터 시작합니다.]

태웅은 기가 막혔다.

아는 사람들에게 정체를 밝혀서는 안 된다?

그렇다면 엘런을 만나더라도 자신이 라이더 베스라는 사실을 이야기할 수 없다는 뜻이다.

'뭔 시스템이 이따위냐!'

붉으락푸르락해진 얼굴로 씩씩거리던 그는 마음을 다잡았다.

어차피 그런 사실을 이야기한다고 해도 믿는 사람은 없을 것이다.

그렇다면 결국 도움이 안 되는 것은 매한가지.

단 혼자서 알고 있는 사실은 얼마든지 이용할 수 있지 않은가?

"알았다. 알았으니까 어서 내 눈앞에서 사라져."

"하하. 꼭 그렇게 섭섭하게 말할 건 없잖아?"

"인공지능 주제에 섭섭? 감정을 느끼는 척하기는."

태웅의 말에 오한수는 묘한 표정을 지었다.

"나도 감정을 느낀다고. 인공지능이지만 실존 인물의 뇌세포를 바탕으로 만들어진 거니까."

"뭔 소리야……."

자꾸만 눈앞에서 얼쩡거리며 짜증 나게 하는 오한수에게

그는 어서 사라지라며 손을 내저었다.

"어쨌든 조심해. 할리우드는 널 잡아먹은 괴물이니까. 네가 죽은 호텔이 어딘지도 기억하지?"

"닥쳐."

"하하. 기분 나빴다면 사과할게. 그리고 한 가지 더 조언을 하자면, 여기 오래 있는 건 좋지 않을 거야."

"그건 또 무슨 소리야?"

"아직 한국에서의 일이 제대로 정리가 안 됐다는 거지. 아마 조금 있으면 내 말뜻을 이해하게 되기도 하겠군."

오한수의 웃음에 태웅은 진저리가 쳐졌다.

당장에라도 목을 날려 버리고 싶은 기분이었다.

AL에이전시 안으로 들어간 태웅은 순간 멍해지고 말았다.

곳곳에 라이더 베스의 사진이 걸려 있었고, '그를 추억합니다' 따위의 문구가 새겨져 있었다.

'이 자식이 날 이렇게 이용해?'

입구로 들어서자, 깔끔한 정장을 입은 데스크의 여직원이 낭랑한 목소리로 말했다.

"어서 오세요. 무슨 일로 오셨죠?"

"실례지만 엘런 대표님 계신가요?"

"대표님은 출장을 가셨습니다. 선약을 하셨나요?"

"선약은 안 했는데… 혹시 어디로 가셨는지 알 수 있을까요?"

"인도로 가셨습니다. 그 이후엔 러시아, 아프리카, 태국, 브라질을 순방하고 오실 거예요. 일정은 3개월 정도입니다."

그 말에 태웅은 뒤통수를 한 대 맞은 듯 당혹스러워졌다.

이렇게 되면 언제 만날 수 있을지 기약이 없다.

일일이 그의 뒤를 따라다닐 수도 없는 노릇 아닌가?

'무슨 세계 일주를 하는 것도 아니고……'

"메모를 남기시면 전달해 드리겠습니다."

"아닙니다. 다음에 다시 올게요.

*　　　*　　　*

다음 날 스튜디오 유스테판에서 벤 하프만과 태웅의 첫 조우가 이루어졌다.

"반갑습니다. 김태웅입니다."

"그래요. 나 벤 하프만입니다."

내민 손을 잡는 둥 마는 둥 하고 자리에 털석 앉은 벤을 보고 태웅은 미간을 찌푸렸다.

'요것 봐라?'

까칠한 태도로 기를 죽이겠다는 심산이었지만, 태웅은 아랑곳하지 않았다.

"출연한 작품은 잘 봤습니다. 그런데 할리우드식 연기와는 조금 차이가 있더군요."

거만하게 다리를 꼬고 앉아 고개를 치켜들고 얘기한다.

'어디 뭐라고 지껄이는지 들어나 보자.'

태웅이 잠자코 있자, 벤은 계속해서 말을 이었다.

"연기가 좋다는 건 인정합니다만 단순히 그것만으로 내 영화의 주인공이 될 수는 없어요. 달타냥 역을 요구하셨다고요?"

"그렇습니다."

"조금 무리인 것 같은데, 본인이 그 역할을 제대로 소화할 수 있다고 생각하시나요?"

"물론입니다."

"하……."

벤은 어이가 없었다.

너무나도 태연하게, 자신의 공격은 신경도 쓰지 않고 대답한다.

이 정도면 상당한 배경이 있는 게 틀림없다는 확신이 든다.

하지만 그는 물러서고 싶지 않았다.

"이유를 듣고 싶군요."

"액션 연기에 자신 있습니다. 습득력과 적응력도 빠르고요."

"그게 답니까?"

"외모도 상당한 수준에 영어도 문제없습니다. 얼마 전 칸 영화제 남우주연상을 수상했습니다. 더 필요한가요?"

"휴……."

벤은 깊은 한숨을 쉬었다.

아무래도 보통내기가 아닌 것 같다.

"선수끼리라고 생각하고 터놓고 얘기하겠습니다. 솔직히 태웅 씨 같은 동양인 배우가 할 수 있는 역할이 아닙니다. 무슨 얘긴지 알죠?"

단도직입적인 말에 태웅은 희미한 미소를 지었다.

"물론 감독님이 인종차별 주의자가 아니라는 건 잘 압니다. 하지만 그 의견엔 동의할 수 없군요."

"할리우드의 어떤 감독을 데려와도 같은 얘길 할 겁니다. 이 영화는 서부극이에요. 그리고 지독히 상업적인 영화죠. 엄청난 돈을 투입할 거고, 엄청난 돈을 뽑아내야 합니다. 때문에 주연배우 캐스팅에는 단지 연기력 외에도 많은 것이 고려 대상이 되죠."

"그러니까 동양인인 데다가 할리우드 초짜인 저는 돈이 안 된다는 말이신데, 전 예욉니다. 저는 될 놈입니다."

벤은 어이가 없었다.

"여긴 미국입니다. 태웅. 당신에게 관객들의 성향과 가치관을 넘어 사랑받을 수 있는 엄청난 매력이라도 있다 그겁니까?"

"바로 그겁니다."

"에잇! 퍽!"

마침내 벤은 폭발하고 말았다.

벌떡 일어난 그를 중간에서 동석하고 있던 칼리드가 말렸다.

"앉게, 벤. 오늘은 서로 얼굴 보고 인사하는 자리야. 성질내는 건 자네 맘이겠지만, 이후의 일은 나도 책임 못 져."

칼리드의 으름장에 벤의 기세가 누그러졌다.

"욕해서 미안합니다. 하지만 저로서는 태웅 김의 자신감이 이해가 안 되는군요."

"그건 감독님이 진부한 고정관념에 사로잡혀 있기 때문입니다. 전 일반적인 동양인 배우와 다릅니다. 갓 할리우드에 진출했다고 해서 들떠 있거나 미숙하지도 않고요. 저와 함께 작업해 보면 알 수 있을 겁니다."

"진부한 고정관념? 정말 그렇게 생각한다면 당신은 현실을 외면하고 있는 거요. 아니면 무모한 철부지거나."

벤은 어깨를 으쓱했다.

이래도 말을 못 알아들으면 풋내기가 누구인지는 명백하다.

"아무리 좋은 배역도 어울리는 배우가 맡지 않으면 돼지 목에 진주 목걸이지. 칼리드. 난 당신이 현명한 판단을 할 거라고 믿어요."

칼리드는 한숨을 쉬곤 말했다.

"잘 얘기해 봐. 나로서는 두 사람 중 어느 누구도 놓치고 싶지 않으니까. 자리를 비워주지."

"엥? 어디 가요, 칼리드!"

갑자기 자리를 뜨는 칼리드를 보고 벤은 어안이 벙벙해졌다.

그가 문을 닫고 나가자, 태웅은 낮은 목소리로 혼자 남은 감독을 노려보며 말했다.

"정말 내가 달타냥에 걸맞지 않은 배우라고 생각합니까?"

"두 번 말해야 하나요? 몇 번이라도 말해주죠. 이 영화의 주인공은 결코 당신이 될 수 없어요. 그 이유는 당신이 동양인이기 때문입니다."

순간 태웅의 눈이 번뜩였다.

마치 먹잇감을 앞에 둔 육식동물 같은 눈빛이었다.

벤은 문득 자신이 눈앞의 동양인과 단둘이 실내에 있다는 사실을 떠올렸다.

위협을 느낀 그는 벌떡 일어나 뒷걸음질 쳤다.

"날 때리기라도 할 겁니까? 미리 말해두는데, 나 왕년에 한 가락 한 사람입니다. 싸움이라면 얼마든지 환영이라는 걸 알아둬요."

태웅은 잠시 그를 보다가 이내 살기를 거뒀다.

다른 생각이 들었기 때문이다.

"감독님의 판단을 존중합니다. 상업 영화니까 어쩔 수 없는 선택이겠죠. 삼총사 중 하나라면 만족하겠습니다."

금방이라도 덤벼들 것 같았던 태웅의 급작스러운 태도 변화에 벤은 어리둥절한 한편으로 안심했다.

"그거라면 고려해 보죠. 뭐, 나름 파격적인 캐스팅으로 화제는 될 테니까. 누구로 할지는 생각해 보겠습니다."

"알겠습니다."

의외로 조용히 자리를 물러나온 태웅은 자신에게 눈빛을 보내는 칼리드를 향해 다가갔다.

태웅의 귀띔에 칼리드의 눈이 휘둥그레졌다.

"그게 정말이야? 만족할 수 있겠어?"

"물론. 감독부터 승복시키지 못한다면 어차피 좋은 영화는 안 나와. 직접 내 스타성을 증명하는 수밖에 없겠지."

태웅은 자신만만했다.

동양인 배우라는 핸디캡을 극복할 만큼의 스타성을 보여준다면 삼총사의 주인공을 따낼 수 있다.

'여기선 조용히 있으려고 했는데 할 수 없겠군.'

또 한 번의 화려한 불꽃놀이를 머릿속에 그리며, 태웅은 스튜디오를 나왔다.

*   *   *

할리우드 명예의 거리(Hollywood Walk of Fame)의 TCL 차이니즈 극장 앞마당에는 수많은 영화인들의 손도장, 발 도장이 찍혀 있다.

찰리 채플린, 엘리자베스 테일러, 마릴린 먼로, 스티븐 스필버그, 조니 뎁 등 영화계에 큰 족적을 남긴 인물들을 선정하여 핸드 프린팅과 풋 프린팅 행사를 진행하고 그들의 흔적을 거리 바닥에 영원히 남기는 것이다.

"우와! 여기가 이병헌이랑 안성기가 핸드 프린팅한 곳이구나!"

태선이 바닥의 자국들을 보고 신기한 듯 연신 사진을 찍어 댔다.

"아시아계 배우 최초라고 하지만 사실은 성룡이 최초일 거야. 성룡이 훨씬 일찍 찍었는데, 그걸 누가 훔쳐가는 바람에 2013년에야 다시 찍었댔나……."

배우가 아닌 아시아인으로는 2002년에 오우삼 감독이 찍었고, 최근에는 중국 배우 견자단이 선정되기도 했다.

물론 라이더 베스의 자국도 있었다.

'일단 여기에 이름을 남기면 큰 화젯거리가 되겠지?'

칸 영화제 남우주연상에 이어 아시아계 배우로 또다시 명예의 거리에 손도장과 발 도장을 남기게 되면 이곳 할리우드에서도 상당한 관심을 얻을 것이다.

핸드 프린팅 대상자는 TCL 차이니즈 극장 측에서 선정한다.

"여기다 내 손도장과 발 도장을 찍을 거야."

태웅의 말에 두 사람은 눈이 휘둥그레졌다.

"오오! 꿈도 야무지셔."

태선은 비웃었지만 은근히 기대하고 있는 것 같기도 했다.

"전 충분히 가능하다고 생각하고 있습니다. 필모를 더 쌓고, 할리우드에서 명품 조연으로서 이름만 알려진다면 문제없을 겁니다."

고서윤의 말에 태웅은 고개를 저었다.

"아니, 지금 당장 찍겠다는 말이야."

"네?"

"뭐라고?"

태선과 고서윤은 어이가 없다는 듯 태웅을 바라보았다.

"나 정도면 충분하지. 칸 영화제 남우주연상. 더 볼 거 있어?"

"아직은 무리인 것 같습니다만."

"그래, 이 멍청이 오빠야. 뭐가 그렇게 급해? 이제 고작 몇 작품 찍지도 않은 배우한테 그런 걸 해주겠어?"

"양보다 질이지. 나는 그 정도 자격이 있어."

태웅은 만류하는 두 사람이 속 터질 정도로 자신만만한 태도를 유지했다.

"극장 녀석들이 언제 선정해서 초청할지 기약이 없으니 내가 가려고. 직접 가서 날 선정해 달라고 할 거야."

"진심이십니까?"

고서윤조차도 황당하다는 듯한 반응이었다.

"그럼. 당연히 진심이지."

역상상 TCL 차이니즈 극장에 직접 찾아가 핸드 프린팅을 하게 해달라고 우긴 배우는 없을 것이다.

태웅은 자신이 또 하나의 크나큰 족적을 남기게 되리라는 예감이 들었다.

기회를 기다리고 있는 것은 그의 성격과 맞지 않았다.

나무에 열린 열매가 떨어지기 전에 먼저 움켜쥐고 따먹는 것!

그것이 바로 그의 삶의 방식이다.

"알아들었으면 가자!"

"지금?"

태선의 말에 그는 당연한 소리는 왜 하냐는 듯 고개를 끄덕였다.

"그럼. 우린 시간이 많지 않아. 지금 바로 갈 테니까 따라와!"

성큼성큼 걸어가는 태웅을 보며 두 사람은 말려야 할지 말아야 할지 판단이 서지 않았다.

*   *   *

TCL 차이니즈 극장 관계자들은 갑작스레 사무실을 찾아온 동양인을 보고 의아함을 감출 수 없었다.

"실례지만 누구신지?"

"저는 김태웅이라고 합니다. 한국에서 온 배우고요. 여기 호드슨 씨 있나요?"

"호드슨 씨요? 사장님은 왜……."

"부탁할 게 있어서 좀 만나려고 하는데요."

갑작스레 나타나 사장을 만나자고 하는 동양인을 보고 직원들은 황당하기 그지없었다.

뒤에 서 있는 태선은 민망해서 아예 밖으로 나가 버렸고, 고서윤만 멀뚱히 그 광경을 지켜보고 있었다.

"선약이 없으시면 만나기 어려우십니다만… 혹시 사장님과 친분이 있으신가요?"

홍보 팀장 에드먼드는 그를 당장 내쫓고 싶었지만, 너무 당당하게 요구하는 모습에 섣불리 행동할 수가 없었다.

"없습니다. 선약도 안 잡았고요."

"그러면 만나뵙기는 좀……."

"나 올해 칸 영화제 남우주연상 수상한 배우 김태웅입니다. 꼭 만나서 드릴 말씀이 있으니 빨리 들여보내 주세요."

"…네?"

에드먼드는 어이가 없었지만, 혹시나 하는 생각에 그를 뚫어져라 쳐다봤다.

'어라? 정말 어디서 많이 본 얼굴인데?'

세계적으로 유명한 극장의 홍보 팀장이다.

올해는 아내의 병환으로 직접 칸에 가보지는 못했지만, 출품한 주요 작품들과 수상자들은 전부 꿰고 있었다.

분명 이 동양인 남자의 얼굴은 낯이 익다.

그는 직원들에게 눈짓을 했다.

그들은 신속하게 키보드를 두들겨 보더니, 깜짝 놀라는 얼굴을 했다.

"마, 맞는데요. 이번에 남우주연상 수상한 태웅 김! 얼굴이 똑같아요."

에드먼드의 눈동자가 커졌다.

일시에 극장 사무실 안 모든 사람들의 시선이 자신에게 쏠리자 태웅은 씨익 웃었다.

'이래서 유명세가 좋다니까!'

호드슨은 인터폰을 받고는 멍한 표정을 지었다.

부하 직원의 말이 이해가 되지 않아 그는 다시 한번 물었다.

"그러니까 칸 남우주연상 탄 배우가 갑자기 찾아왔다는 거야? 왜?"

ㅡ꼭 드릴 말씀이 있답니다. 사장님한테요.

"나한테? 왜? 난 걔 모르는데?"

미리 약속을 잡은 것도 아니고 안면이 있는 것도 아니다.

그래도 문전박대할 수는 없는 노릇이라서 그는 결국 태웅을 안으로 들이라고 지시했다.

잠시 후—

문이 열리며 혼자 들어온 훤칠한 동양남자가 그에게 미소를 지었다.

"안녕하세요. 김태웅이라고 합니다."

"반가워요. 난 극장 대표 호드슨입니다. 좀 앉으시죠."

두 사람이 소파에 앉아 비서가 차를 내왔다.

태웅은 으리으리한 사장실을 스윽 훑어보곤 입을 열었다.

"이곳에 꼭 한 번 와보고 싶었습니다. 참 멋지네요."

"고맙습니다. 이번 칸 영화제는 나도 직접 갔었어요. 미스터 김을 멀리서 보기도 했는데, 내 얼굴은 기억 안 나죠?"

"네. 아쉽게도 정신이 없어서요."

"하하. 그럴 만도 하죠. 어디 보통 상을 받았어야 말이죠."

한동안 잡담을 나눈 후, 호드슨은 본론으로 들어갔다.

"그런데 여긴 무슨 일로?"

그의 질문에 태웅은 진지한 얼굴로 입을 열었다.

"극장 앞바닥에 핸드 프린팅을 하고 싶습니다. 최대한 빨리요."

*   *   *

'뭐 이런 게 다 있어?'

호드슨은 육십 평생 태어나서 이토록 황당한 말을 들어보기는 처음이었다.

과대망상증 환자나 마약중독이 아니고서야 왜 멀쩡하게 생긴 놈이 갑자기 찾아와서 핸드 프린팅을 하게 해달라고 요구한단 말인가?

"지금 뭐라고 했습니까?"

"핸. 드. 프. 린. 팅. 하게 해달라고 말씀드렸습니다."

태웅은 너무나도 태연하게 유서 깊은 TCL 차이니즈 극장 앞의 핸드 프린팅을 하게 해달라고 요구하고 있었다.

동석한 홍보 팀장 에드먼드 역시 입을 쩍 벌린 채 어찌할 바를 모르고 있었다.

호드슨은 그를 힐끗 노려보곤 한숨을 쉬었다.

어쩌자고 이런 또라이를 들였단 말인가?

"있잖아요. 미스터 김. 설마 진심으로 하는 말은 아니겠죠?"

"진심입니다."

조금의 시간 차도 두지 않고 튀어나온 말에 호드슨은 다시한번 한숨을 쉬었다.

"당신이 세계적으로 유명한 배우인 건 압니다. 이번 칸 영화제 남우주연상 수상 역시 축하하고요. 하나, 이건 좀 아닌 것 같습니다."

"왜요?"

"왜냐니… 이건 우리 극장의 유서 깊은 이벤트란 말입니다.

아무나 무슨 물건 맡겨둔 것처럼 해달라고 하면 할 수 있는 게 아니죠. 그리고… 에드먼드. 자네가 설명해."

호드슨의 얼굴이 붉게 달아오르고 관자놀이에 핏발이 선 것을 보고 에드먼드는 전전긍긍했다.

자신들의 보스가 어지간히 화가 났다는 신호다.

말을 이어받은 에드먼드가 태웅에게 차분하게 설명했다.

"미스터 김. 핸드 프린팅 행사는 사장님이 말씀하셨다시피 상징적인 이벤트입니다. 우리 극장 사람들과 업계 전문가들이 모여 심도 깊은 토의 끝에 대상자를 선정하고요. 자리가 한정되어 있기 때문에 굉장히 엄격하고 신중하게 결정한다는 것을 알아주셨으면 합니다."

"그렇군요. 잘 알겠습니다."

"이해가 되셨다니 다행입니다. 미스터 김은 세계적으로 유망한 배우니 앞으로 충분히 선정될 수 있을 겁니다. 아시아 배우로서의 상징성도 있으니까요. 그러니 인내심을 가지고 조금만 더 기다리심이……."

"그런데 전 지금 충분히 받아도 될 것 같은데 말이죠."

"…네?"

간신히 이 막무가내 동양인을 납득시켰다고 생각했던 에드먼드는 당황했다.

"어차피 전 앞으로 엄청난 스타가 될 겁니다. 세계 최고 월드 스타! 칸 남우주연상은 시작에 불과해요. 그러니까 앞으로 어차피 찍을 거, 미리 좀 찍자 이겁니다. 왜냐면 제가 필요한 것이 있거든요."

"그, 그런……."

남을 말로 설득하는 데 일가견이 있는 에드먼드조차도 말문이 막혀 버렸다.

이건 뭐 말로는 어떻게 할 수 없는 또라이다.

"미안합니다만 그건 어렵겠군요."

심호흡을 하고 있던 호드슨이 단호한 목소리로 끼어들었다.

그는 평소 앓고 있던 심혈관 질환이 더 악화되지 않을까 조심하면서 깊게 숨을 쉬었다.

평소 의사가 고혈압을 주의하라고 했는데, 화를 심하게 내면 위험해지기 때문이다.

"역사와 전통이 있는 우리 극장의 원칙 때문입니다. 부디 양해해 주길 바랍니다."

그는 벌떡 일어나 사장실을 나가 버렸다.

"저기요! 사장님! 그냥 가버리지 말고 허락은 해주고 가요!"

동네 구멍가게 사장을 부르듯 소리치는 태웅을 만류하며 에드먼드는 식은땀을 흘렸다.

"죄송합니다만 요청하신 건은 어렵겠습니다. 양해를 부탁드리는 의미로 저희 극장을 안내해 드리겠으니 구경이나 하고 가시죠."

"내가 그렇게 한가한 사람이 아니라서 그건 어렵겠습니다. 정말 핸드 프린팅 안 해줄 겁니까?"

"다시 말씀드리지만 역사와 전통이……."

"어차피 그냥 유명한 사람들 해주는 거잖아요. 어떻게 안 돼요?"

이제는 에드먼드마저도 이성을 잃을 것 같았다.

그는 치밀어 오르는 화를 내리누르며 입술을 깨물었다.

"안 됩니다."

지그시 에드먼드를 바라보던 태웅은 씁쓸한 표정을 지으며 고개를 끄덕였다.

"알겠습니다. 뭐, 안 된다면 할 수 없죠."

"이해해 주셔서 감사합니다."

에드먼드의 말에 태웅은 빙긋 웃었다.

"그럴 것까진 없습니다. 오히려 이쪽이 죄송하죠."

그 말을 남기고 태웅은 손을 흔들며 쿨하게 극장 사무실을 떠났다.

한동안 그의 뒷모습을 멍하니 바라보던 에드먼드의 어깨에 누군가가 손을 올렸다.

"진짜 완전 꼴통이네. 푸하하하. 태웅 김, 주요 체크야."

LA타임즈의 기자 필립 존스톤.

에드먼드의 친구로 TCL 차이니즈 극장에서 열릴 다음 블록버스터 시사회에 대해 취재를 나왔다가 태웅이 난장판을 벌이는 광경을 처음부터 끝까지 목격했다.

쉽게 겪을 수 없는 흥미로운 일에 그는 포복절도했다.

"정말 별의별 해괴한 인종들이 모여 있는 할리우드에서도 보기 힘든 일이야. 도대체 쟤 뭐야?"

"나도 모르겠어. 오늘 일진이 왜 이래?"

에드먼드가 고개를 절레절레 저었다.

"도대체 우리 극장을 어떻게 보고 저러는지 몰라도, 보스가 단단히 화가 난 모양이야. 지금쯤 어딘가에서 뒷목 잡고 쓰러져 있을지도 몰라."

"하하하. 그럼 정말 특종 중 특종이네."

"이거 낼 거야?"

"당연하지. 이렇게 재밌는 사건이 어딨어?"

에드먼드는 친구의 어깨에 손을 올렸다.

"부탁인데 그러지 마. 나중에 더 좋은 거 줄 테니까. 우리 보스 진짜로 쓰러지는 꼴 보고 싶어서 그래?"

"허드슨 할배가 그렇게 여린 가슴의 소유자인 줄은 또 몰랐네. 뭐, 자네 부탁이라면 알겠어. 하지만 저 녀석이 또 나타나면 꼭 연락해 달라고."

"신났구먼. 어쨌든 고마워."

물론 필립은 이 일을 묻어둘 생각이 없었다.

이미 사진은 여러 장 찍었고, 둘 사이의 대화는 들리는 대로 메모해 두었다.

'미안해, 친구. 이번 건 너무 대박이라서 그냥 묻어둘 수가 없겠어.'

하지만 그는 기사를 내지 못했다.

이틀 후, 그보다 훨씬 대박인 특종이 터졌기 때문이다.

*　　　　*　　　　*

이틀 후, TCL 차이니즈 극장 앞 보도블록 위에 두꺼운 동판 하나가 나타났다.

직사각형 모양에 손도장과 발 도장이 찍힌 동판에는 '동방에서 온 할리우드의 별, 태웅 김'이라는 글자와 사인, 그리고 당일 날짜가 적혀 있었다.

극장 앞에서 웅성거리는 소리에 밖으로 나온 에드먼드는 동판을 발견하곤 기절초풍했다.

"이, 이런 미친놈……."

그제야 그는 그 정신 나간 동양인 배우가 왜 순순히 물러났는지 알 수 있었다.

애당초 놈은 포기할 생각이 없었던 것이다.

뒤늦게 달려 나온 사장 허드슨이 그 광경을 보고 얼굴이 새빨개져서 소리쳤다.

"당장 치워! 에드먼드! 경비! 뭐 하는 거야? 사람들 막고 지금 당장 빨리 조치하란 말이야!"

"네, 네! 사장님."

"기자들 막아! 아무도 못 찍게 해! 이런 빌어먹을 자식… 도 대체 우리 극장의 권위를 뭘로 보고……."

목이 쉴 정도로 소리를 빽빽 지르던 허드슨이 갑자기 뒷목을 잡곤 바닥에 주저앉았다.

"사장님!"

에드먼드를 포함한 직원들이 허드슨에게 우르르 달려갔다.

"괜찮으세요? 이봐! 어서 구급차 불러!"

허드슨은 바닥에 쓰러져 심호흡을 하면서 허공을 향해 연신 주먹질을 해댔다.

"이 망할 자식! 감히 우리 극장을 물로 봐? 두고 보자, 내 이 놈을……!"

이윽고 도착한 구급차에 실려 가면서도 그는 끊임없이 욕을 내뱉었다.

*　　　　　*　　　　　*

할리우드 경찰서에 출두한 태웅은 경찰 앞에서 태연하게 앉아 있었다.

"이것 봐요! 도대체 뭘 잘했다고 그렇게 뻔뻔한 거요?"

이 사건을 담당하게 된 갤러한 경사는 결국 태웅을 향해 윽박질렀다.

도대체 뭐가 잘못했는지 전혀 모르겠다는 태도다.

"아니, 핸드 프린팅을 안 해준다길래 내가 한 건데, 그게 범죄가 됩니까?"

"거참……"

"말 같지도 않은 걸로 고발하니 그렇죠. 그리고 그거, 누구 허락받고 치운 겁니까? 내 물건인데. 재물손괴죄나 절도죄 아닌가요?"

사실 갤러한도 딱히 그를 처벌할 만한 죄목이 없다는 것은 알고 있었다.

다만 신고가 들어왔고, 게다가 그 역시 할리우드 명예의 거리와 TCL 차이니즈 극장을 사랑하는 영화 마니아로서 너무나도 태연한 이 동양인에게 짜증이 치솟았을 뿐이다.

"석고 틀 만들어서 손도장 발 도장 찍고, 글씨 쓰고, 굳을 때까지 기다렸다가 그 무거운 거 옮겨놓느라 얼마나 힘들었는 줄 알아요?"

"그러게 누가 그런 유서 깊은 곳에다가 그런 쓰레기를 갖다 두래요?"

"쓰레기라니 말이 좀 심하십니다. 어차피 나중에 할 거 미리 했을 뿐이라니까요."

둘이 입씨름을 벌이는 사이, 태선은 연신 주위를 두리번거리며 핸드폰으로 사진을 찍어대고 있었다.

'여기가 할리우드 경찰서구나! 스타들이 그렇게 끌려온다

지? 제이슨 스타뎀이나 조쉬 하트넷 같은 배우 안 오나 몰라.'

오빠에 대한 걱정보다는 호기심이 앞서는 그녀였다.

고서윤은 그런 그녀를 슬쩍 흘기며 시계를 살펴보았다.

'슬슬 변호사가 올 시간이 됐는데……'

그때 시끌벅적한 소리와 함께 170센티미터 정도 되는 키에 해골처럼 삐쩍 마른 백인 남자 하나가 내무반 안으로 걸어 들어왔다.

입고 있는 회색 정장이 작은 사이즈였음에도 헐렁할 정도로 앙상한 몸을 하고 있었다.

하지만 눈빛만은 번뜩이는 것이 예사 사람 같지가 않았다.

"왔군요. 크라이튼."

고서윤이 그에게 손을 흔들자, 크라이튼이라 불린 남자가 만면에 미소를 지으며 다가왔다.

"미스터 고! 오랜만입니다. 마스터 최는 잘 지내시죠?"

"물론입니다. 회장님께서도 당신께 안부를 전해달라고 하셨습니다."

"하하. 지금 한국에 계시다고요? 조만간 찾아뵈어야 하는데 시간이 잘 나질 않네요."

"말씀만으로도 고맙습니다."

대화를 듣고 있던 태선은 의아한 얼굴로 고개를 갸웃했다.

'이 해골 같은 사람은 누구지?'

크라이튼은 그녀를 보곤 궁금해하자 고서윤이 입을 열었다.

"태웅 김의 동생입니다. 태선 씨, 이분은 형님을 도와주실 변호삽니다. 할리우드에서는 거의 톱급이시죠."

"어머, 안녕하세요. 김태선이라고 합니다."

그녀는 고개를 꾸벅 숙이면서도 내심 의문을 품었다.

저렇게 기운 없어 보이는 사람이 할리우드 톱급 변호사라고?

"오우, 정말 아름다운 숙녀분이시군요! 그야말로 동양의 신비라고나 할까요? 청순함과 정적인 매력이 물씬 뿜어져 나오는 미녀를 뵙게 되어 영광입니다."

그가 태선에게 과도한 칭찬을 늘어놓는 것을 본 고서윤이 움찔했다.

'여자 밝히는 버릇은 여전하군.'

한동안 태선의 미모에 대해 부담스러울 정도의 찬사를 늘어놓던 그는 고서윤의 눈빛을 보곤 슬쩍 태도를 전환했다.

"상황에 대해서는 대충 들었습니다. 별로 문제될 일은 아니니 안심하세요. 단 허드슨 사장이 자기 건강 문제로 물고 늘어지며 정신적 피해 보상 같은 걸 요구할 수도 있습니다. 물론 나한텐 씨알도 안 먹히겠지만요. 하하하."

얼핏 말하는 폼이 자신감이 넘쳐 보였다.

실제로 할리우드의 여러 배우들을 고객으로 가지고 있는 그는 대형 로펌에서 독립하여 몇몇 동료 변호사들과 활동하고 있었다.

실력과 인맥은 가히 손색이 없을 정도로 유능한 인물로, 최수빈과 인연이 있어 태웅을 도와주기로 한 것이었다.

한편 태웅은 형사와 말싸움을 벌이다가 시끄러운 소리에 뒤를 돌아보았다.

'뭐야? 크라이튼이잖아?'

그 역시 할리우드에서 오래 생활했던 만큼, 크라이튼과는 안면이 있었다.

그를 고용한 것은 아니지만 업계 사람들로부터 솜씨 있는 변호사라는 얘기를 자주 들었고, 파티에서도 몇 번 봐서 알고 있었다.

'최수빈이랑 아는 사이라고 했지? 도대체 그 인간, 발이 얼마나 넓은 거야?'

물론 이런 일로 곤란한 경우를 당하진 않겠지만, 제법 고초를 겪게 될 것이라고는 예상했다.

그런데 고서윤이 대뜸 걱정하지 말라면서 변호사를 부른 것이다.

그게 설마 크라이튼 매버릭이라고는 상상도 하지 못했다.

'저 녀석과 일을 하게 될 줄은… 하여튼 인생은 재밌어.'

S# 5
미국에서도 유명 인사

　변호사 크라이튼의 수완으로 태웅은 어렵지 않게 경찰서에서 나올 수 있었다.

　물론 기다리고 있던 기자들의 플래시 세례를 받는 것은 피할 수 없었지만.

　"도대체 무슨 생각으로 이런 일을 벌인 겁니까?"

　"할리우드의 명예를 땅에 떨어뜨렸다는 말이 있는데, 본인의 행동이 어떤 결과를 불러올지에 대해선 전혀 생각 안 해본 겁니까?"

　기자들의 날 선 질문이 이어졌다.

　하지만 태웅은 이미 알고 있었다.

한국이었으면 영원한 비호감으로 낙인찍혀 온갖 단체와 사람들에게 공격을 당하고 재기하기 어려운 지경으로 갔을 것이다.

그러나 여기는 미국.

그의 또라이 같은 행동에 폭소를 터뜨리고 도리어 지지를 보낼 사람들이 널려 있다.

아나나 다를까, 수많은 기사가 쏟아지며 미국에서 태웅의 인지도는 급격히 올라가기 시작했다.

숙소로 돌아가는 도중에 폭포처럼 기자들의 질문 공세가 이어졌는데, 이에 대한 태웅의 답이 큰 화제가 되었다.

"지금은 저를 고소하겠다고 난리치지만, 언젠가 TCL 차이니즈 극장은 저에게 핸드 프린팅을 해달라고 부탁하게 될 겁니다. 그것만은 장담할 수 있습니다."

그 말을 들은 TCL의 사장 허드슨이 다시 한번 뒷목을 잡았다는 이야기가 회자되면서, 미국은 물론 전 세계 인터넷 상에서 태웅은 일약 화제의 주인공이 되었다.

—진짜 골 때리는 배우야. 연기만 잘하는 줄 알았는데, 지금 보니까 스타성도 쩔어. 지금껏 이런 동양인 배우가 있었던가?

—난 태웅 보면서 자꾸 라이더 베스가 생각나던데? 똘끼하며 하늘 높은 줄 모르는 거만함하며… 그게 다 매력 아니겠어?

—요즘 본 연예인들 중 가장 웃긴다! 나 진짜 이 인간 나오는

영화가 너무 궁금해서 다 찾아봤다니까?

　—그런데 동양 남자가 이렇게 섹시한가? 뭔가 얼굴이랑 몸에서 묘하게 흘러나오는 분위기가 있어.

　'이게 웬 횡재냐!'

　필립 또한 오랜만에 특종을 터뜨리게 되었다.

　태웅이 TCL 차이니즈 극장을 찾아가서 직접 사장에게 핸드 프린팅을 요구하고, 거절당하자 직접 동판을 만들게 된 상황을 적나라하게 찍은 사진과 글이 기사로 나가면서 LA타임즈는 불티나게 팔려 나갔다.

　물론 막역한 친구였던 TCL 차이니즈 극장의 홍보 팀장 에드먼드와는 한순간에 서먹한 사이가 되고 말았지만, 그에게 있어 손해 볼 것 없는 장사였다.

　연일 매스컴에 보도되고, 인터넷을 뜨겁게 달아오르게 만든 사건으로 인해 일은 태웅이 뜻하던 방향으로 흘러갔다.

　칼리드 유스테판이 태웅과 벤 하프만 감독의 미팅을 다시 주선한 것이다.

　　　*　　　　*　　　　*

　'정말 골치 아프게 됐군.'

　인터넷에 들어갈 때마다 태웅의 이야기로 시끌벅적하다.

벤 하프만 감독은 이번에는 전처럼 칼리드의 요구를 쉽게 거절할 수 없을 것이라는 불길한 예감이 들었다.

도대체 무슨 생각으로 그런 짓을 벌였는지는 모르겠으나, 그 기묘한 동양인 배우는 확실히 상식을 벗어난 데가 있었다.

업계에 잔뼈가 굵은 그로서는 태웅이 타고난 똘끼와 거침없는 행동력을 가졌다는 사실을 알고 본능적으로 구미가 당겼다.

스타에게서 볼 수 있는 전형적인 특징이었기 때문이었다.

그냥 연기만 좀 하는 줄 알았는데, 알고 보니 보통 튀는 게 아니었다.

벌써부터 그의 팬덤이 미국 각지에서 생겨나고 있었다.

'그리고 어떻게 하필 그 자리에 LA타임즈 기자가 있었느냐는 거지. 알던 사이도 아니고 누군가의 의뢰도 아니었다면… 그건 말도 안 되는 운이라는 건데.'

정말 그것이 운이라면 더 이상 볼 것도 없다.

운이야말로 스타에게 가장 필요한 덕목인 것이다.

세상에 피땀 어린 노력을 하는 사람이 얼마나 많은가?

하지만 이들이 다 스타가 되는 것은 아니다.

잘 풀리는 사람들이 필수로 가지고 있는 조건은 바로 행운의 여신의 가호를 받았다는 것!

어쩌면 정말로 태웅이 필생의 역작인 자신의 작품 주연을 맡길 만한 배우일지도 모른다.

칼리드는 감독의 복잡한 심경을 읽었는지 묘한 표정을 지었다.

"어때? 지금 태웅 때문에 미국 전역이 시끄러워졌는데. 이 정도면 꽤나 화제의 주인공이 될 것 같지 않아?"

"…그건 모르는 거죠. 이슈란 건 활활 타오르다가도 금방 꺼지잖아요?"

"물론 그렇지. 하지만 그게 금방 꺼질 불이 아니라 로키산맥을 홀라당 태워 버릴 대형 산불일 수도 있지."

"정말 그렇게 생각하세요?"

"아니라면 내가 괜히 할 일 없어서 그 친구를 자네에게 소개시켜줬겠어?"

칸에서 인간 흉기라고 불리는 배우 라울러 홈즈를 단 한 방의 펀치로 기절시켜 버렸던 태웅의 모습을 떠올리며 칼리드는 몸을 부르르 떨었다.

처음 만난 그때부터 그 호리호리한 동양인에게서 후광이 뿜어져 나왔다.

"다시 한번 잘 생각해봐. 내가 보기에 그 친구는 할리우드 슈퍼스타가 될 수 있는 잠재력이 있어. 이번에 기회를 한 번 주는 게 어떨까? 내 생각엔 대박이 날 수도 있을 거야."

할리우드에서 가장 잘나가는 흥행 제작자 칼리드 유스테판.

그가 한국에서 온 배우 하나를 위해 이렇게까지 노력하다니······.

궁금증을 참지 못하고 칼리드에게 이유를 물어보려던 그는 문을 열고 들어오는 태웅을 보고 입을 다물었다.

"어서 와! 미국을 들었다 놨다하는 슈퍼스타 태웅."

"오버하기는······."

태웅은 그에게 슬쩍 눈을 흘기곤 그대로 감독의 맞은편 소파에 앉았다.

벤은 그를 보고 건성으로 인사했다.

괜한 자존심을 부리는 것 같아 보여서 태웅은 피식 웃었다.

"오랜만입니다."

"어때, 그때 이후 별일은 없고?"

"여기저기서 많이들 귀찮게 하더라고요. 묵고 있는 호텔로 협박 편지도 와요."

"그래? 그거 골치 아프겠구먼."

유서 깊은 할리우드의 명당에 장난을 쳤다는 이유로 태웅을 가만 두지 않겠다는 이들도 많았다.

인종차별적인 비난도 쏟아졌다.

"어떻게 보디가드라도 하나 붙여줄까?"

"괜찮아요. 매니저도 있고, 저도 운동신경은 좋으니까요."

"아 참. 내가 깜빡했네. 자네 같은 인간 병기한테 보디가드를 붙인다니, 하하하."

그 말에 벤이 움찔했다.

"근데 무슨 일로 부른 거예요?"

"배역에 관한 얘기를 마무리해야지. 지난번에 확정이 안 됐 잖아? 그래서 우리 벤 감독과 다시 한번 이야기를 해볼까 해 서지."

"대략적으로 얘긴 된 거 아닌가요? 삼총사 중 하나로 정하 기로 한 거 같은데……."

"근데 상황이 조금 변해서 말이야. 자네 인지도가 이젠 예 전 같지 않잖아?"

"아하."

태웅은 이해했다는 듯 고개를 끄덕였다.

지금 그와 칼리드는 벤을 앞에 두고 일종의 연극을 하는 셈이었다.

이미 이곳에 오기 전, 태웅은 칼리드와 전화를 통해 대충 말을 맞췄다.

굳건하던 벤의 마음이 흔들리고 있는 것은 확실했다.

"제가 가장 원하는 배역은 주인공 달타냥인데요. 감독님이 제가 동양인이기 때문에 그 배역에 어울리지 않을 것이라고 했어요. 그 생각이 바뀌기라도 한 건가요?"

칼리드가 벤에게 눈짓했다.

그러자 벤이 헛기침을 하며 입을 열었다.

"아직 내 마음이 변한 것은 아니에요. 태웅. 하지만 당신의 스타성에 대해 요 며칠 다시 생각해 보고 있어요. 내가 그랬던 그림대로는 아니라고 해도, 동양인 배우가 해석할 달타냥에 대해 궁금하기도 하고요."

'뭔 뜸을 이렇게 들인담.'

태웅은 아직까지도 갈팡질팡하는 그의 태도가 답답했다.

"그럼 어떻게 확신을 드려야 할까요?"

여전히 자신만만한 태도로 말하는 태웅을 보며 벤은 신기하기까지 했다.

저렇게 자신이 있는 것일까?

"일단 대본은 받았죠? 연기를 한번 봤으면 싶은데."

확연한 변화였다.

지난번 미팅 때는 아예 태웅의 연기를 직접 보려고 하지도 않았던 감독이었다.

"물론 가능해요. 대본도 이미 다 외웠으니까요."

'대본을 다 외웠다고?'

벤은 태웅이 허세를 부린다고 생각했다.

"못 믿으신다면 보여 드리죠. 어느 신이든 다 재현할 수 있어요."

'미친 기억력'으로 대본을 처음부터 끝까지 완벽하게 외워 버린 태웅이었다.

"좋습니다. 어차피 지금부터 달타냥의 신으로 드라이 리허설을 할 테니까요. 그럼 시작할까요?"

벤의 말에 태웅은 회심의 미소를 지었다.

"하시죠. 전 언제나 준비돼 있습니다."

이제 배역은 따 놓은 당상이나 다름없었다.

*   *   *

대한민국 최대 기업 삼원 그룹과 쌍벽을 이루는 재계 순위 3위의 세훈 그룹.

그 거대 제국의 차기 후계자로 알려져 있는 양선민은 이제 겨우 서른다섯 살의 젊은 나이였다.

한 그룹을 이끌고 가기에는 다소 어린 나이고 경험도 부족하지만 냉혹함과 철두철미한 성격만큼은 자기 할아버지를 쏙 빼닮았다는 평을 듣고 있었다.

어릴 때부터 제왕 수업을 받아온 재벌 가문의 엘리트로, 앞으로 한국 경제를 이끌어가겠다는 확고부동한 자신감과 욕망을 가지고 있다.

그런 그가 요즘 마음에 두고 있는 한 여자가 있었다.

어느 국회의원 맏아들의 결혼식 피로연에서 우연히 스친 여자였다.

수많은 재벌가 여자들 사이에서도 눈에 확 띄는 미모.

단순히 아름다운 게 아니라 자신의 일에 대한 열정이 가득한 활동적인 여자.

'저 여자가 바로 강 회장의 그 유명한 손녀구나.'

이미 재벌가 자제들 사이에서는 귀국한 강지나에 대한 소문이 자자했다.

그들 중에도 미국물을 먹고 자란 이가 많았지만, 그녀는 미국에서도 어릴 때부터 같은 한국인들보다 주로 외국인들과 함께 섞이는 걸 즐겼기 때문에 딱히 친분 있는 사람은 없었다.

연예인 뺨치는 미모와 지성, 그리고 ROD 대표로 취임하자마자 보여준 뛰어난 경영 능력 등으로 인해 그녀를 호시탐탐 노리는 남자들이 많았다.

하지만 그녀는 같은 재벌가의 남자들에게는 관심조차 주지 않았다.

허영심 가득한 재벌가 여식들과도 일절 어울리지도 않았을 뿐더러, 사교계 같은 곳은 천성적으로 관심이 없었다.

나이가 차다 보니 쟁쟁한 집안에서 숱하게 선 자리가 들어왔지만 그녀는 하나도 받아들이지 않았다.

그렇다 보니 오히려 그녀의 주가는 한층 더 높아졌다.

양선민 역시 유력한 집안 친구들과 어울릴 때 그녀를 한번 자빠뜨려 보겠다는 식의 이야기를 숱하게 들었다.

하지만 누구도 성공했다는 이야기는 들어본 적이 없었다.

밥 한 번 먹기도 어렵다고 하니, 가히 철옹성 같은 여자다.

'공략할 맛이 난단 말이야. 강지나⋯⋯.'

삼원 그룹 강부식 회장의 총애를 한 몸에 받는 손녀라고 하니 범접하기 힘든 존재임은 틀림없다.

생각하면 할수록 그는 그녀가 미래를 함께할 파트너감으로는 최고라는 생각이 들었다.

"너도 이제 슬슬 결혼을 해야 하지 않겠니? 내조를 잘 받아야 우리 세훈을 잘 이끌어갈 수 있을 거다. 허허허."

그룹 부회장인 아버지 양만식도 요즘 그에게 자꾸 짝을 알아보라며 결혼을 권하고 있었다.

'골빈 여자들 따위와 허겁지겁 결혼할 생각은 추호도 없다. 하지만 저 여자라면……'

그의 시선이 향하는 곳에 바로 강지나가 있었다.

고급 호텔의 레스토랑도, 비싼 한정식집도 아닌 평범한 쌀국숫집에서 부하 직원들과 어울려 점심을 먹고 있는 그녀의 모습은 무척 소탈해 보였다.

활동하기 편해 보이는 깔끔한 정장에 머리를 올려 묶은 모습이 평범한 직장인처럼 보이기도 했다.

워낙 빼어난 미모만 아니라면 말이다.

한참 떨어진 자리에서 쌀국수 한 그릇을 시켜놓고 그녀를 뚫어져라 쳐다보던 양선민은 누군가와 눈이 마주쳤다.

아주 짧은 순간이라 그는 즉시 시선을 거뒀지만, 상대는 그렇지 않았다.

'뭐야, 저 새끼. 눈에서 레이저 나가겠네. 이쪽은 왜 자꾸 쳐

다보는 거야?'

강지나의 옆에 앉아 심드렁하게 쌀국수를 입에 넣고 있던 강창구는 번드르르하게 차려입은 창가 쪽 좌석의 남자가 영 마음에 들지 않았다.

'누나는 왜 자꾸 꼬나보는 거야? 변태같이 생겨가지고… 확 조져 버릴까 보다.'

*　　　*　　　*

"올 포 원, 원 포 올(All For One, One For All)!"

권총을 힘차게 위로 뻗으며 태웅은 마지막 대사를 내뱉었다.

삼총사하면 떠오르는 대표적인 구호였다.

원래는 날이 가느다란 칼을 맞대며 하는 대사지만 이 영화에서는 총이 대신한다.

달타냥 역할의 대사를 조금도 틀리지 않고 완벽하게 구사한 태웅의 연기에 벤 하프만 감독은 감탄하고 말았다.

"브라보! 훌륭합니다. 그 긴 대사를 완벽히 다 외우다니 믿을 수가 없어요."

캐스팅도 되기 전인 데다가 확정된 배역도 아니건만 태웅은 이미 대본의 모든 대사를 다 외우고 있었다.

어느 부분을 얘기하든 모조리 기억하고 있어서 까다로운

벤조차도 인정하지 않을 수 없었다.

"다른 인물 대사도 다 외우고 있습니다. 지문도요."

"정말인가요?"

"네, 저는 원래 대본을 통째로 외워 버리는 습관이 있어서요."

'그게 습관으로 돼?'

그의 말에 벤은 다시 한번 놀랐다.

시험 삼아 다른 인물의 대사를 물어보았더니 역시 완벽하게 대답한다.

"말도 안 돼!"

자기도 모르게 본심이 입 밖으로 나와 버렸다.

그 모습을 보던 칼리드가 씨익 웃었다.

"어때? 적어도 열정은 충분한 것 같은데. 어떤 배우가 아직 캐스팅도 안 됐는데 대본을 홀라당 외워 버리냔 말이야."

그도 내심 감탄하고 있었다.

물론 태웅에게는 그리 어려운 일이 아니었다.

미친 기억력 때문에 한 번 정독하면 머릿속에 제대로 저장되기 때문이었다.

감탄도 잠시, 벤은 이내 냉정을 되찾았다.

대사를 이미 완벽하게 외웠다고 한들, 주인공을 시키느냐 마느냐는 또 다른 문제다.

"얼마나 작품에 대한 욕심이 있는지는 잘 알겠어요. 하지만 주인공으로서의 카리스마가 필요한데 그 부분에 있어서는 아직 확신이……."

'말이 꼬이는군.'

태웅은 갈피를 잘 못 잡고 있는 벤의 태도를 보곤 여유를 가지기로 했다.

기다리기만 하면 달타냥 역을 따내는 것은 시간문제다.

이 영화에서 달타냥은 원작의 캐릭터를 그대로 따른다.

빈곤한 집안에서 태어나 성공을 위해 미국 서부로 와서 좌충우돌하는 소년 만화의 주인공 같은 타입.

처음에는 어리바리하고 미숙하지만 이야기가 진행되면서 눈부시게 성장한다.

단, 총싸움 실력만큼은 시작부터 일류다.

이 또한 알렉산드르 뒤마의 원작 소설과 같다.

원작 '삼총사'에서도 달타냥은 촌뜨기 몰락 귀족이지만 시작부터 먼치킨급의 검술 실력을 가지고 있으니까.

'카리스마라… 어떻게 그걸 보여줄 수 있을까?'

동양 배우에게 할리우드는 참으로 높은 장벽을 가진 성이었다.

그것을 넘기 위해서는 백인들보다 훨씬 많은 매력을 가지고 있지 않으면 안 된다.

안 그러면 단순히 한인 타운의 세탁소 주인이나 동네 조용한 동양인 이웃, 잘 쳐주면 수학 잘하는 대학생 역할 정도를 맡을 뿐이다.

'역시 당장은 그 방법밖에 없겠다.'

쉽게 스타성을 올리는 방법이 있다면 그것은 바로 외모 업그레이드다.

전생의 40퍼센트 수준임에도 이미 훤칠한 미남 배우로 각광받고 있었지만, 할리우드에서 쟁쟁한 서양 미남 배우들과 경쟁하기 위해서는 슬슬 수준을 한 단계 높일 필요가 있다.

"잠시 화장실 좀 다녀올게요."

태웅은 조용히 화장실로 향한 후 안에 아무도 없는지 확인하곤 거울 앞에 섰다.

시스템 메뉴로 들어가 '외모 업그레이드' 항목을 선택하자, 귓가에 메시지가 들려왔다.

[외모가 전생의 50% 수준으로 상승합니다.]

[부가 효과로 '카리스마 눈빛'을 획득합니다.]

[70의 라이프 포인트가 소모됩니다.]

[업그레이드 하시겠습니까?]

'결심, 하다'가 1200만 관객을 돌파하면서 얻은 넉넉한 라이프 포인트가 있었기에 태웅은 다소 큰 출혈이라고 생각하면서도 업그레이드를 하기로 했다.

잠시 후, 그의 몸이 번쩍이며 한차례 맹렬한 바람이 주위를 휘젓고 지나갔다.

정신을 차리고 앞을 보니, 185센티미터 정도의 키에 한층 더 윤곽이 뚜렷해진 미남자가 거울 속에서 자신을 들여다보고 있었다.

'이게 카리스마 눈빛인가? 그럴듯한데?'

부가 효과라는 '카리스마 눈빛' 때문인지 그의 눈은 예전에 비해 한층 더 깊어져 있었고, 눈동자를 움직이는 것만으로도 한눈에 시선을 잡아끄는 매력이 있었다.

눈에 힘을 주자, 마치 호랑이와도 같은 번뜩이는 안광이 맹렬한 기세로 뿜어져 나왔다.

'이건 사람 기죽일 때도 효과 만점이겠다.'

태웅은 옷매무새를 가다듬고 머리를 쓸어 올렸다.

눈썹을 살짝 가리고 있던 원래 머리 모양에 비해 훨씬 눈이 잘 드러나 보였다.

다시 벤과 칼리드에게로 돌아가니, 그들의 표정이 살짝 놀란 것처럼 느껴졌다.

'뭐지? 어딘가 조금 달라진 것 같은데… 그나저나 이 배우, 눈빛이 정말 멋지군!'

시스템 보정 효과로 인해 외모 업그레이드를 하더라도 남들이 이상한 점을 발견할 순 없었다.

그저 사람이 조금 달라 보인다는 정도를 느낄 수 있을 뿐.

"주인공으로서의 카리스마가 필요하다고 하셨는데, 원하신다면 얼마든지 연기로 보여 드릴 수 있습니다. 시작할까요?"

태웅의 자신만만한 말에 벤은 연신 쭈뼛거렸다.

한때 눈에 거슬리는 것은 참지 못하고 다 들이받았던, 질풍 노도의 젊은 시절을 보낸 그다.

하지만 지금 태웅의 눈을 마주 본 순간, 자신도 모르게 기세에 눌리고 있었다.

"으음… 굳이 안 봐도 잘할 것 같긴 하네요. 지금 당신의 눈 빛은 꼭 재규어 같아요."

마침내 벤도 태웅을 주인공으로 캐스팅하는 것에 승복하고 말았다.

그는 결코 다른 동양인 배우와 동일 선상에 올려놓을 수 없는, 특별함을 가지고 있다.

누구보다 감이 발달한 벤으로서는 단지 동양인에 할리우드 신인이라는 이유만으로 그를 놓칠 수 없었다.

이전 수많은 감독들이 결국 이 신비롭고도 매혹적인 배우에게 넘어갔듯이 말이다.

*   *   *

"어떻게 일은 잘 무마됐습니까?"

고서윤의 질문에 크라이튼은 특유의 느끼한 미소를 지으며 말했다.

"물론입니다. 처음엔 꽤 화가 난 것 같았지만 돌아가는 상황을 보고 오히려 TCL 차이니즈 극장의 사장도 기분이 나쁘지 않은 것 같더군요. 살살 뒤를 긁어줬더니 허허 웃으며 고소는 취하하겠답니다."

태웅의 행동이 미국 전역에 큰 이슈가 되면서, 극장 앞 바닥의 핸드 프린팅이 더욱 사람들의 입에 오르내리는 홍보 효과가 일어났다.

더욱이 '영화사에 족적을 남기고 싶은 마음에 유서 깊은 TCL 극장 앞에서 직접 핸드 프린팅을 했다'는 태웅의 말이 와전되어 전해지면서 극장의 격이 올라갔음은 물론이다.

그로 인해 기분이 유쾌해진 사장 허드슨은 크라이튼과의 대화 끝에 좋게 해결하기로 합의를 본 것이다.

"서로 윈—윈이군요."

"그렇게 된 셈이죠. 이번 일, 의도하고 한 거라면 미스터 김은 천재입니다. 감탄하지 않을 수 없는 머리예요."

고서윤은 태웅이 치밀한 계산 하에 이런 일을 벌였다고는 생각하지 않았다.

다만 본능적으로 어떻게 해야 사람들의 시선을 끌 수 있는지 알고 있는 인간임은 틀림없다.

"어쨌든 무척 흥미가 가는 배우더군요. 담당 변호사가 되면 꽤나 골치 아프겠지만, 수임료는 많이 받을 수 있는 배우죠. 하하하."

어떻게 보면 대놓고 매니저에게 담당 배우를 홍보하는 것으로 들릴 수도 있다.

하지만 고서윤은 그가 아무런 악의가 없음을 알고 있었다.

정말로 태웅같이 툭하면 사고를 치고 소송당할 거리가 생기는 고객이라면 어떤 변호사든 두 손 들고 환영할 것이다.

유명세는 물론 돈까지 두둑하게 챙길 수 있는 기회니까 말이다.

"이미 많은 소송을 당하고 있지 않을까 싶은데, 맞나요?"

크라이튼의 추측에 고서윤은 고개를 저었다.

"그건 아닙니다. 조만간 하나 당할 것 같지만요."

"오우, 한국에서의 변호는 조금 어려워요. 저는 이곳 미국 땅에서만 케어해 줄 수 있습니다. 그건 꼭 알아두세요."

물론 그렇겠지.

숱한 사고를 치는 태웅의 성격상, 나중에는 나라별로 하나씩 담당 변호사를 둬야할 지도 모른다.

물론 앞으로 할리우드에서만 활동한다면 그럴 일은 없겠지만 말이다.

"아 참, 그리고 또 하나. 앞으로는 할리우드에서도 혼자 자유롭게 돌아다니는 일은 최대한 없어야 할 겁니다. 이미 유명세를 꽤 타고 있는 배우시니까. 함부로 돌아다니다가는 큰 봉변을 당할 수 있어요. 사건에 휘말릴 수도 있고."

"명심하겠습니다."

"늘 고생이 많네요. 미스터 고도."

"변호사님만 하겠습니까."

"이쪽 일이야 난 이제 익숙해서 아무렇지도 않아요. 내 사무실 운영하고 있고 수입도 짭짤하고, 스타들 뒤치다꺼리는 약간 화려한 맛도 있거든요."

그는 한쪽 눈을 찡긋했다.

"유명 스타들의 아무도 모르는 비밀을 나만 알고 있다는 점. 그런 부분도 이 일을 하는 데 있어 적지 않은 메리트죠."

세계 최고 할리우드 스타들의 농밀한 비밀들을 상당수 알고 있는 그였지만 누구에게도 발설하지는 않았다.

설령 가족이나 불알친구에게도 그는 언제나 철저하게 비밀을 유지했다.

"그런데 미스터 김이 최 회장님이 주시하는 배우인 거죠? 그분도 배우가 꿈이었다고 하지 않았던가요?"

"맞습니다. 아직도 그 꿈을 버리지는 않으신 것 같은데, 애석하게도 몸도 시간도 따라주지 않네요."

"여전히 많이 바쁘신가 보군요?"

고서윤은 그냥 씨익 웃기만 했다.

최수빈이 배우가 될 수 없는 이유는 타고난 재능이 거의 바닥이라는 것 외에도 또 있었다.

언제 죽을지 모르는 치명적인 유전병을 앓고 있었기에, 복수에 매진하는 그로서는 영화계에 뛰어들기는 무리였다.

그래서 그는 태웅에게 자신의 꿈을 투영하고 있는지도 몰랐다.

"그럼 전 슬슬 가보겠습니다. 언제쯤 귀국하시나요?"

"아직 확정된 것은 없습니다. 영화 출연 계약을 체결하고 난 후가 될 것 같은데, 늦어도 이번 달 말까지는 한국에 들어갈 겁니다."

"그전에 또 한 번 뵙죠. 오늘은 새로 맡은 고객이랑 저녁을 먹기로 해서요."

"알겠습니다. 새 고객도 스타인가요?"

고서윤의 질문에 그는 고개를 끄덕였다.

"최근 할리우드에서 가장 핫하다고 하더군요. 엘리온 보나파르트라고. 소속사가 AL에이전시인데 사생활은 거의 베일에 가려져 있답니다. 실은 저도 아직 직접 본 적은 없어요."

고서윤은 묵묵히 고개를 끄덕였다.

태웅이 들었으면 깜짝 놀랐을 사실이지만 그는 벤 하프만 감독과의 미팅 때문에 자리를 비우고 있었다.

엘런이나 그가 세운 AL에이전시, 그리고 소속 배우인 엘리온에 대해 태웅은 자신의 매니저에게 단 한마디도 언급하지 않았다.

"그럼 행운을 빕니다."

"미스터 고도 할리우드의 남은 나날을 재밌게 보내기 바랍니다."

두 사람은 덕담을 나누고 헤어졌다.

*   *   *

이튿날, 스튜디오 유스테판의 사무실에서 태웅의 영화 출연 계약이 이루어졌다.

출연할 작품명은 '삼총사: 더 웨스턴(가제)'이며 그가 맡은 배역은 주인공 달타냥이었다.

유명한 고전을 서부극으로 새롭게 해석한 작품의 주인공이 한국의 배우라니!

세간에 알려지면 업계는 물론 일반인들까지도 뒤집어질 만한 놀라운 캐스팅이었다.

"정말 역사적인 순간이구먼! 훌륭한 결단이야, 벤. 자네는 오늘 일을 인생 최고의 선택으로 기억하게 될 걸세."

칼리드가 껄껄 웃으며 찜찜한 표정의 감독 어깨를 두드렸다.

벤은 나름 표정 관리를 하고 있었지만 그 역시 기분이 나쁘지 않았다.

애초 걱정이었던 그의 인종과 국적이 지금은 전혀 보이지 않았다.

그의 눈앞에는 오로지 세상을 뒤흔들 매력만 가득한, 한 배우의 모습만 보였다.

"그럼 사인하시죠!"

계약 담당자와 법무 담당자의 입회하에 마침내 태웅은 계약서에 사인을 했다.

할리우드 정복의 첫 걸음이었다.

*   *   *

원하던 목적을 달성했지만 엘런을 만나지 못한 것이 태웅은 찜찜하기 그지없었다.

더 이상 미국에 체류하고 있을 순 없었기에, 그는 그만 한국으로 돌아가기로 했다.

'이제 내일이면 가는구나.'

마지막 날이었기에 그는 자신이 살았던 저택과, 사후 유언에 따라 세워진 복지 재단을 둘러보고 갈 생각이었다.

비버리 힐스에서도 깊은 곳에 있는 최고의 명당은, 그의 사후 재단의 부지 및 라이더 베스 기념 사업회 건물로 변모했다.

'기념 사업회라니… 쓸데없이 으리으리한 기획사 따위를 차린 것도 모자라서… 엘런 이 자식, 두고 보자.'

그는 다음에 보면 엘런을 꼭 혼쭐내주리라 다짐했다.

비버리 힐스 북쪽 산, 외부인들은 들어갈 수 없는 스타들의 주택이 모여 있는 이곳은 관광 투어 상품까지 개발될 정도로 세계적인 명소였다.

물론 관광객들은 안까지는 들어갈 수 없고, 외곽을 돌 수 있을 뿐이었지만 그럼에도 세계 최고의 스타들이 사는 이곳 주변은 늘 선망의 시선을 보내는 사람들로 가득했다.

비버리 힐스의 중심부에 있는 쇼핑 거리 로데오 드라이브에는 수많은 사람들이 지나다니고 있었는데, 이들은 딱히 태웅 일행에 시선을 주지 않았다.

TCL 차이니즈 극장에서의 사건으로 반짝 유명세를 타긴 했지만 아직까지 태웅의 인지도는 미국 대중들에게 높지 않았다.

"드디어 저와 동생분을 데리고 다녀주시는군요. 만약 오늘도 혼자 다니셨다면 내일 비행기도 혼자 타고 가시는 줄 알았을 겁니다."

어딘지 모르게 가시 돋친 고서윤의 말이었다.

"아하하. 섭섭했다면 미안. 여기가 또 배우들에게는 꿈의 장소잖아? 그래서 내가 좀 정신이 나갔었나 봐."

"알긴 아네. 이러다가 고 매니저님이랑 정들겠어. 맨날 둘만 남겨두고 어딜 그렇게 쏘다녀?"

'아차차.'

태웅은 잔뜩 삐진 태선의 말을 듣고 자신이 너무 둘만 남겨놨다는 사실을 깨달았다.

'고 매니저와 태선이? 안 어울리는 거 같으면서도 그럭저럭

어울리긴 하네.'

고서윤은 말이 매니저지 거의 엄친아나 다름없는 남자다.

못하는 게 없을 정도인 데다가 외모도 남자답고 깔끔하게 생겼다.

사람됨도 듬직해서 태선이와 이어진다면 나쁠 것도 없었다.

'김샛별 같은 놈보다야 훨씬 낫지… 가만, 그러고 보니 도대체 그 인간은 어떻게 된 거야? 정말 죽었나?'

엘런에 대해 캐보라고 미국을 보냈는데 감감무소식인 김샛별의 행방!

미스터리가 아닐 수 없다.

'그렇다고 김샛별을 찾으라고 또 사람을 쓸 순 없고… 혹시 출장길을 따라간 건가?'

엘런이 차린 AL에이전시의 직원은 그가 세계 각국을 도는 일정의 출장을 떠났다고 했다.

만약 집요하게 그의 뒤를 쫓을 목적이라면 그럴 수도 있을 것 같았다.

'알아서 하겠지. 차라리 달이나 화성 같은 데라도 따라갔으면 좋겠네. 영영 안 보게.'

유명 부띠끄와 브랜드숍이 가득한 쇼핑 거리다 보니 태선의 눈이 빙빙 돌아갔다.

"우와! 이 옷 너무 예쁘다! 어떻게 이렇게 만들 수가 있지?"

꺅꺅대며 한국에서 찾아보기 힘든 옷들을 구경하는 그녀

를 보다 보니 태웅은 절로 오빠 미소가 지어졌다.

"뭘 실실 쪼개? 사줄 것도 아니면서."

태선이 그의 싱글벙글 미소 짓는 모습을 보곤 눈을 흘겼다.

"사줄 건데? 맘껏 골라 봐."

"진짜? 이 옷들 엄청 비싸!"

"나 할리우드 영화 주연배우될 사람이야. 걱정 말고 골라."

태웅은 지갑에서 카드를 꺼내 태선에게 휙 던졌다.

'삼총사: 더 웨스턴'의 주연으로 낙점된 태웅의 출연료는 270만 달러.

한국 돈으로 치면 30억 원 가까운 돈이었다.

거기다 추가로 러닝 개런티 조항까지 들어갔기 때문에, 영화의 흥행에 따라 얼마나 출연료가 치솟을지는 예상할 수 없었다.

'결심, 하다' 역시 러닝 개런티 조항을 넣었기 때문에 태웅이 지금까지 벌어들인 돈은 수십억 원을 넘어서고 있었다.

물론 할리우드 스타 배우들에 비하면 낮은 출연료지만, 이제 갓 할리우드에 진출한 동양인 배우로서는 적지 않은 돈이었다.

오랜 배우 경력과 필모그래피를 바탕으로 미국에 진출한 오영홍도 이제 갓 180만 달러 정도를 받았다고 알려져 있으니 말이다.

물론 태웅은 돈에 큰 욕심이 없었다.

이미 전생에서 조 단위의 재산을 보유하고 있었던 그다.

돈보다는 배우로서의 욕심, 그리고 행복한 삶을 살고 싶은 욕구가 더 컸다.

이전의 삶에서 얻지 못했던 것이었으니까……

"그러고 보니 저 비버리 힐스 안쪽에 라이더 베스 기념 재단이 있다던데, 거기나 한번 가볼까?"

태웅이 슬쩍 운을 뗐다.

혼자 왔으면 마음대로 가도 되지만, 지금은 일행이 있으니 은근슬쩍 그쪽으로 들르길 유도한 것이다.

"그런 델 뭐 하러 가? 가봤자 뭐가 있다고."

태선의 뚱한 반응에 그는 순간 당황했다.

"그 배우 생가가 잘 보존되어 있다던데? 그리고 거기에 기념 재단이랑 박물관도……"

"오늘이 미국에서의 마지막 날인데 뭘 그런 데서 시간 낭비를 해? 그리고 나 라이더 베슨지 뭔지 안 좋아해."

'크윽!'

도대체 왜 이 녀석의 오빠로 환생을 하게 했는지 신도 참 취미가 고약하다.

"난 거길 꼭 가야겠어! 그러니까 따라오든가 말든가 해!"

태웅은 울컥한 마음에 터벅터벅 라이더 베스의 저택 방향으로 걸어갔다.

갑작스러운 그의 행동에 남은 두 사람은 어리둥절했다.

"뭐야? 왜 저래?"

"그러게 말입니다. 꼭 가고 싶은 곳이었던 모양인데, 함께 가 드리죠."

"아, 나 그 배우 별로 안 좋아하는데. 성격도 너무 개차반이 고 사고도 많이 쳐서 싫단 말이야."

먼 거리였음에도 동생의 목소리가 태웅의 귓가에 아프게 꽂혔다.

'카드를 괜히 줬나? 쳇!'

오늘따라 유난히 태선이 밉상으로 보이는 그였다.

* * *

툴툴거리긴 했지만, 영화에서나 나올 법한 웅장한 비버리 힐스의 모습에 압도된 태선은 DSLR로 여기저기를 찍느라 여 념이 없었다.

그녀의 어깨에는 오늘 산 옷들이 담긴 쇼핑백이 주렁주렁 매달려 있다.

'그럼 그렇지! 지가 헤벌레 안 하고 배겨?'

흐뭇하게 미소 짓는 태웅을 본 고서윤이 의아해져서 물었 다.

"그렇게 좋으십니까? 하긴 배우들의 로망인 할리우드, 그것 도 비버리 힐스니 이해 못 할 바는 아닙니다만."

"왜? 난 좋아하면 안 돼?"

"안 된다고는 한 적 없습니다. 다만 평소보다 훨씬 업 되신 것 같아서."

태웅은 그의 말처럼 유난히 기분이 들떴다.

그리 멀지 않은 곳에 라이더 베스 저택이 보였기 때문이다.

감개가 무량해지면서도 한편으로 서글픈 기분이 들었다.

'이 집을 살 때 여기서 욕조에 몸을 푹 담그고 와인 한 잔과 함께 멋진 경치를 보며 죽으리라, 하고 생각했는데… 엉뚱하게 호텔 방 따위에서 죽다니.'

유작인 '아이스 문'을 촬영하면서 그의 정신은 극도로 피폐해졌다.

사랑의 실패를 겪고 지인들과도 멀어진 와중에 지나치게 영화 배역에 몰두했었다.

그가 맡은 배역은 '클로버 나인(9)'.

심각한 정신 분열을 앓고 있는 파괴적인 캐릭터로, 무려 9개의 인격을 가지고 있는 무정부주의자 테러리스트였다.

결국 영화사에 길이 남을 명연기를 선보였지만, 이미 망가질 대로 망가진 정신 때문에 그는 약물에 의존했다.

'정말 끔찍하다. 이곳에서 내 삶이 그렇게' 망가질 줄은……'

어마어마하게 큰 부지에 중세의 성처럼 지어진 라이더 베스의 저택은 그야말로 동화 속에서나 나올 법한 환상적인 외관을 자랑했다.

입구에서 5달러의 입장료까지 받고 있었는데, 철문 옆에 걸린 안내판에 돈은 모두 자선단체에 기부할 것이라고 적혀 있었다.

'자식이 그냥 무료 개방할 것이지……'

정말 사후의 일 처리가 하나하나 다 마음에 들지 않는다.

그는 잠시 숨을 고르며 마음을 진정시켰다.

'그래. 신경 끄자. 어차피 난 이제 김태웅이지 라이더가 아니야.'

그냥 다시 한번 보고 싶어서 옛집에 왔을 뿐, 이러한 일은 한 번으로 족했다.

평일이었음에도 꽤 많은 관람객들이 아름다운 들판 사이로 난 길을 지나다니고 있었다.

여기저기서 탄성이 들려왔다.

'후후. 그럼 그렇지.'

처음 와본 사람들은 감탄하지 않을 수 없을 것이다.

그 웅장한 크기는 둘째 치고, 화단에 심는 꽃의 종류부터 나무와 건물의 배치까지 그의 손이 닿지 않은 곳이 없었다.

집을 지을 때부터 미국 서부 최고의 건축가인 깁슨과 상의하여 하나하나 다 직접 결정했으니까……

공원처럼 조성된 담장 안쪽을 돈 세 사람은 건물 내부로 들어갔다.

높은 천장에 매달린 샹들리에, 그리고 고풍스러운 문양들이 벽에 그려져 있는 저택은 중세 프랑스 왕궁을 연상시켰다.

"와⋯ 진짜 끝내준다. 이런 데서 살려면 돈이 얼마나 많아야 하는 거야?"

태선은 연신 감탄을 늘어놓았다.

태웅은 화려한 집 안의 모습 따위는 거들떠보지도 않고, 벽에 걸린 라이더 베스 기념 사업회의 후원 및 기부 현황을 꼼꼼히 살폈다.

'그래도 활동은 제대로 하고 있구나. 내 돈이 좋은 곳에 쓰여서 다행이다.'

전쟁으로 인해 피해를 입은 아이들, 그리고 여성들, 굶어 죽어가는 노인들, 그리고 불쌍한 유기 동물들을 후원하는 그의 재단은 유언대로 잘 관리가 되고 있어보였다.

3조에 달하는 막대한 기금 또한 정말 도움이 필요한 곳에 사용이 되고 있는 것 같았다.

이제야 그는 마음의 짐이 덜어진 듯했다.

먹먹한 심정을 가라앉히며 창밖을 바라보는 그의 눈에 왠지 낯이 익은 사람 하나가 보였다.

'뭐지? 헛것을 봤나?'

그는 눈을 비비며 다시 나무 사이에 서서 잔디를 깎고 있는, 흑곰처럼 커다란 덩치를 가진 한 남자를 보았다.

익히 알고 있는 그 남자가 틀림없다.

"김샛별?"

육중한 몸을 한 그가 이마에 흐르는 땀을 닦으며 열심히 잔디를 깎고 있었다.

"저 인간 뭐야?"

태웅의 말에 고서윤과 태선 역시 창밖을 보곤 입을 벌렸다.

"저 작자… 여기서 뭐 하는 걸까요?"

"내가 시킨 게 있는데… 그걸 하고 있는 건지는 잘 모르겠네."

엘런의 뒤를 캐랬더니 여기서 잔디를 깎고 있다?

"잠깐만 둘이서 구경하고 있어!"

"아 또!"

태선의 불평을 뒤로 하고 태웅은 전력으로 달려 나갔다.

잔디를 깎다가 잠시 쉬고 있던 김샛별은 누군가 빠른 속도로 달려오는 것을 보고 고개를 돌렸다.

태웅의 얼굴을 확인한 그는 깜짝 놀란 듯 벌떡 일어나 예초기까지 집어 던지고 반대쪽 방향으로 도망가기 시작했다.

"야! 거기 안 서? 너 여기서 뭐 해?"

태웅이 소리쳤지만 그는 듣는 척도 안 하고 열심히 뛰었다.

지나가는 관람객들이 이 좋은 구경거리를 놓칠 리 없다.

다들 핸드폰을 꺼내 찍기 시작했다.

'또 얼굴 팔리게 생겼네! 하지만 어쩔 수 없지.'

태웅은 빠른 속도로 김샛별의 뒤를 따라잡았다.

미친 지구력의 보유자인 데다가 날렵한 몸인 그를 곰같이 두껍고 느린 김샛별이 따돌릴 수 있을 리가 없다.

몇 분 되지 않아 헉헉거리며 자리에 주저앉은 김샛별은 태웅을 보고 겁에 질린 듯 뒷걸음질 쳤다.

"가, 가까이 오지 마!"

"뭐가 어째? 야, 너 나한테 이럴 수 있냐?"

"혀, 형님. 가까이 오지 마십시오."

"존댓말로 바꾸면 다야?"

태웅은 그의 말대로 걸음을 멈추었다.

아무래도 이 짐승을 진정시키고 난 후에야 말이 통할 것 같았다.

"도대체 여기서 뭐 하고 있어? 내가 시킨 걸 하고 있는 거야?"

"그렇습니다."

그의 말에 태웅은 더 어이가 없었다.

"연락이 전혀 안 되던데. 그래서 난 네가 도망친 줄 알고 잊고 있었어. 그런데 왜 내 눈앞에 불쑥 나타나냐고. 그리고 도망은 왜 쳐?"

심기가 불편해진 태웅의 목소리에 김샛별은 잔뜩 움츠러들었다.

잠시 후 그의 입이 열렸다.

"그게 어떻게 된 거냐면 말입니다……."

               *   *   *

　공항으로 향하는 길, 태웅은 어제 김샛별과 나눈 대화를
곰곰이 떠올려 보았다.

　한때 어둠의 세계에서 이름을 날렸던 전설적인 주먹인 그
가 잔뜩 쪼그라든 채 쩔쩔매며 시선을 피하고 있었다.

　자신에게 깨지고 나서 귀찮게 따라다닐 때만 해도 이 정도
는 아니었는데, 대체 미국에서 무슨 일이 있었길래 그렇게 되
었을까?

　"연락을 안 드린 것은 뭔가 성과가 있어야 염치가 있겠다는
생각에 그리한 겁니다. 걱정하셨다면 정말 죄송합니다."

　물론 태웅이 그를 걱정한 것은 전혀 아니다.

　엘런에 대한 정보도 이젠 거의 다 아는 수준이었기에 사실
딱히 만나볼 필요는 없었다.

　어차피 시스템 때문에 아는 사람들에게 전생을 밝힐 수도
없는 노릇.

　오랜 친구의 모습이 어떻게 변했는지 호기심이 생겼을 뿐이
다.

　하지만 일이 뜻밖의 방향으로 흘러간 것만은 확실했다.

　엘리온 보나파르트.

　엘런이 온 힘을 기울여 키우고 있다는 할리우드의 신성 배우.

무슨 일인지 몰라도 김샛별은 완전히 기가 죽은 듯 그에 대한 애기만 나와도 움찔하고 있었다.

"그러니까 엘리온 보나파르트란 사람의 눈에 띄어 이 저택 관리인으로 고용이 되었다는 거지?"

"그렇습니다. 엘런이란 사람과는 아직 이야기해 본 적이 없고요. 항상 바쁘다고 하더라고요."

태웅도 그를 사진으로 본 기억은 있다.

출연한 영화까지는 보지 않았지만, 이미지만으로 봤을 때는 그냥 빼어나게 잘생긴 할리우드에서 흔히 볼 수 있는 미남 배우였다.

'연기를 한번 볼까?'

김샛별을 만나고 이상한 느낌이 들어서 귀국 전날 숙소에서 엘리온이 출연한 영화를 다운 받아 두었다.

11시간이 넘는 긴 비행이 될 것이기에, 그의 영화들을 보면서 시간을 때울 계획이었다.

*　　　*　　　*

'도대체 뭐야, 이건?'

영화의 엔딩 크레디트가 올라가고 난 후, 태웅은 이마에서 식은땀이 흐르는 것을 느끼고 간신히 정신을 차렸다.

"형님, 괜찮으십니까?"

옆자리에 앉은 고서윤이 그의 안색을 살피곤 놀란 듯 손수
건을 꺼내 이마의 땀을 닦아주었다.

"내가 언제부터 이러고 있었지?"

"글쎄요. 그냥 동생분과 이야기하시다가 동생분이 잠드신
다음부터 핸드폰으로 영화를 보기 시작하셨습니다. 그 이후
부터는 아무 말씀도 없이 영화에 집중하고 계셔서 그러려니
했습니다만."

언제부터였을까?

태웅은 엘리온 보나파르트의 첫 작품 '엘크이야기'를 다운
받아 보았다.

독립 영화 수준에 가까운 이야기로, 악마에게 영혼을 판 젊
은 남자가 성공 가도를 달리지만 결국 파국으로 치닫는 내용
이었다.

플롯도 단순하고 그리 신선하지도 않았지만, 어둑어둑한 영
상은 나름 독특한 개성이 있었다.

영화 중반, 그가 악마에게 영혼을 팔기 시작하는 시점부터
의 연기는 그야말로 충격적이었다.

정말로 사람의 혼을 빨아먹는 악마가 몸에 들어온 것처럼,
보는 이를 숨조차 쉬지 못하게 하는 막강한 흡인력이 있었다.

'사진과 영상이 이렇게 다른 배우가 있을까? 카리스마를
CG로 만든다면 이런 느낌이려나?'

어느 순간부터는 그의 연기가 기억조차 나지 않았다.

이런 수준이니 할리우드에서 화제를 일으키고 있다는 사실이 당연하게 느껴졌다.

"괜찮으십니까?"

고서윤이 재차 물었다.

태웅은 고개를 끄덕이며 미소를 지었다.

"별일 아니야. 그냥 영화에 너무 집중을 했나 봐."

"비행기에서 그렇게 영상물을 오래 보시면 멀미 납니다. 비행기 증후군에 걸릴 확률도 높아지고요."

"여긴 일등석이니 괜찮아."

'삼총사: 더 웨스턴'의 제작사 측에서 잡아준 일등석이었다.

이제 조만간 개인용 경비행기를 마련할 날도 머지않은 것 같았다.

'할리우드에 자리 좀 잡으면 한 대 뽑아야겠다. 이거 원 불편해서……'

태웅은 고서윤의 우려를 무시하고 두 번째 영화를 재생했다.

엘리온 보나파르트가 출연한 영화는 고작 세 작품이다.

그런데도 불구하고 할리우드에 존재감을 각인시키고 있다는 것은 이러한 연기력에서 기인하는 것 같았다.

'그런데 참 이상하다. 엘런은 이런 배우를 어떻게 찾았을까?'

영화 사상 최고의 배우인 자신에 이어 이런 살벌한 연기력을 가진 배우의 매니저라니.

말이 매니저지 엘리온 보나파르트는 거의 그가 키우다시피

하는 신출내기 아닌가.

'이 녀석을 만나고 갈 걸 그랬군. 하긴 앞으로 볼 일이 있겠지.'

두 번째 영화는 '킬링 하트'라는 로맨틱 코미디 영화였는데, 이 작품에서는 처음으로 멜로 연기를 선보이며 여성 팬들을 어마어마하게 끌어 모았다고 했다.

분명 매력적으로 보이긴 했지만, 첫 작품에서의 악마적인 카리스마는 느낄 수 없었다.

'의외로 평범한 수준이군. 장르 때문에 그럴까?'

세 번째 영화이자 가장 최근작인 '알 카인느의 후예'에서는 다시금 특유의 흡인력이 살아났다.

전설적인 대배우 알 카인느의 죽음을 파헤치는 스릴러물로, 배우 지망생이자 유력한 살인 용의자로 출연하여 압도적인 연기를 선보였다.

20세기 중반 최고의 미남 배우이자 10년 전 향년 83세로 작고한 알 카인느의 젊은 시절이 딱 엘리온 보나파르트와 비슷한 느낌이 들어서 태웅은 등골이 서늘했다.

'이 녀석과 연기 대결을 한번 해보고 싶군.'

은근한 두려움과 호승심이 동시에 일었다.

알 파치노와 로버트 드니로가 동시에 출연한 영화 '히트'처럼 강렬한 카리스마를 가진 배우끼리의 격돌은 스크린을 녹여 버릴 만큼 뜨거운 열기를 발산한다.

대배우와 합을 주고받으며, 상대방의 폭발하는 에너지와 직면할 때마다 그는 살아 있음을 느꼈다.

'다시 한번 그 기분을 느끼고 싶다.'

세 번째 작품까지 다 보고 나자 태웅은 심한 피로감을 느꼈다.

온몸에서 힘이 빠져나가면서 저절로 눈이 감겼다.

이윽고 죽음처럼 그는 잠에 빠져들었다.

*   *   *

"할리우드 영화 출연 계약을 맺었다는 게 사실입니까?"

"미국까지 가서 TCL 차이니즈 극장 앞 보도를 훼손하셨는데 국격을 떨어뜨리는 일이라곤 생각하지 않으시나요?"

"요즘처럼 북핵 위기로 한미 공조가 시급한 때에 미국과의 우호를 상하게 할 만한 무례한 행동이라는 지적이 많습니다. 한마디 해주실까요?"

공항에서는 언제나처럼 수많은 기자들의 날선 질문이 쏟아졌다.

그들은 태웅이 또 전력 질주하며 자신들을 따돌릴 것을 예측하곤 이번에는 아예 만반의 준비를 한 것 같았다.

게이트가 열리며 태웅이 모습을 나타내자 몇몇 기자들이 주섬주섬 인라인 스케이트나 바퀴 달린 신발을 꺼내는 모습도 보였다.

접이식 자전거나 킥보드, 스케이트보드를 휴대한 기자들도 보였다.

'이것들이 진짜… 한번 해보자 이거지?'

태웅은 어이가 없었지만 한편으로는 가소롭기도 했다.

할리우드에서는 더한 인간들도 많았다.

'그나마 드론을 날리는 녀석은 없으니까……'

물론 밖으로 나가면 누군가가 카메라 달린 드론을 날릴지도 모르는 일이다.

"질문은 나중에 공식 인터뷰로 받도록 하겠습니다! 모두 행복하세요!"

태웅이 큰 목소리로 외친 후 다시 달리기 시작했다.

"뛴다! 절대 놓치지 마!"

"이번엔 꼭 잡고 만다!"

무슨 사냥꾼처럼 각오를 다지며 기자들이 태웅을 뒤쫓았다.

"정말 개판이구먼."

지나가던 시민이 그 광경을 보곤 눈살을 찌푸렸다.

과도한 취재 경쟁도 정도가 있는 법이지, 이건 숫제 총만 들면 밀렵 현장과 크게 다를 바가 없지 않은가?

태웅이 고서윤, 태선과 헤어져 지하 주차장으로 향하자 아예 그곳에 진을 치고 있던 기자들이 몰이꾼처럼 우르르 달려 나왔다.

당연히 태웅이 이곳으로 올 줄 알고 짠 전략이겠지만, 그렇다고 해서 살쾡이처럼 날쌘 그를 잡을 수는 없었다.

"시동 걸어!"

태웅의 외침과 동시에 미리 숨어 대기하고 있던 실버문 엔터테인먼트의 차가 부르릉 소리를 내더니, 주차장 출구 쪽으로 이동했다.

"탈 수 있겠어?"

"껌이지!"

윤철이 승합차 문을 열고 속도를 늦췄다.

태웅은 전력 질주하여 달리는 차 옆으로 간 후, 훌쩍 뛰어 뒷자리로 올라탔다.

미리 타고 있던 고서윤과 태선이 그의 팔을 있는 힘껏 잡아 끌어 좌석에 앉혔다.

"오늘도 세이프구먼. 다들 수고했어."

"매번 이렇게 해야 돼? 무슨 곡예단도 아니고……."

태선이 볼멘소리로 투덜거렸다.

"왜? 재밌잖아."

"역시 넌 또라이 기질이 있어."

"미국에서도 그 기질을 유감없이 발휘하셨습니다."

윤철을 거드는 고서윤의 말에 태웅은 어깨를 으쓱했다.

"아무것도 안 하고 돌아올 순 없잖아? 뭐라도 해야지."

유명세를 탄 덕분에 계약이 성사되었다.

따지고 보면 말도 안 되는 일이지만, 어쨌든 결과가 중요한 것이다.

"별일은 없고?"

태웅의 질문에 윤철이 버럭했다.

"있다! 별일. 바로 너 때문에."

"내가 왜?"

"네가 미국에서 한 짓 때문에 여긴 발칵 뒤집어졌어."

"뭘 어쨌다고? 극장 앞 핸드 프린팅을 훼손한 것도 아니고, 그냥 내 거 새겨서 하나 갖다 둔 건데?"

"그런 말이 통하냐? 문화관광부에서 문화훈장 수여를 취소하겠다는 말도 나오고 있는데."

칸 영화제 남우주연상 수상으로 국격을 높였다며 문화훈장을 수여할 예정이었던 정부가 이제는 나라 망신을 시켰다고 취소를 검토 중이라는 말이었다.

"그럼 안 받아도 되는데. 누가 달랬나? 하하하하."

"에라이… 너 잘났다."

어이가 없는지 윤철도 피식 웃고 말았다.

*　　　*　　　*

인터넷에서는 태웅의 행동에 대한 찬반 여론이 들끓었다.

대표적인 비판은 해외에서 문제 행동을 일으켜 나라 망신을 시켰다는 것과, 전통 있는 TCL 차이니즈 극장의 명소를 훼손하고 명예를 모욕했다는 것이었다.

이에 대해 태웅은 딱히 반응을 하지 않았다.

단 몇몇 언론과의 인터뷰에서만 다음과 같이 대답했을 뿐이다.

"국민 여러분들에게 작은 즐거움이 되었다면 무한한 영광이겠습니다."

이러한 태도에 또다시 거센 비난이 일었지만, 한편에서는 재밌다는 반응이 나왔다.

*　　　*　　　*

'치명적 러브'의 후반 작업이 끝나고 영화가 개봉하면서 태웅에 대한 비난은 잠잠해졌다.

최예린과의 멜로 연기가 여성관객들의 마음을 사로잡으면서 그가 정통 멜로 연기도 훌륭하게 소화해 낼 수 있다는 사실을 증명한 것이다.

그와 비밀리에 계약 연애를 함으로서 공황장애를 딛고 진심을 담아 열연을 펼친 최예린의 부활 역시 세간의 화제가 되었다.

〈여제의 귀환, 돌아온 국민 여배우 최예린! 여름 극장가를 사로잡다!〉

애절하고도 절제된 연기를 펼치며 한층 더 내공이 쌓였다는 호평을 받은 그녀는 태웅과의 열애설을 거론하는 언론들에게 '좋은 동료일 뿐'이라며 부인했다.

—김태웅 씨는 저의 복귀에 많은 도움을 줬어요. 사실 심리적, 육체적으로 많이 지쳐 있어서 오랜 휴식기를 가졌고, 그것 때문에 다시 연기를 하는 데 두려움이 있었어요. 태웅 씨가 그런 부담감을 줄여주고 촬영장에서 편안한 분위기를 만들어줘서 극복할 수 있었죠. 워낙 순수해서 연기에 대한 것만 생각하다 보니까 가끔 돌출 행동을 하긴 하지만 따뜻한 시선으로 봐주셨으면 해요.

최예린의 인터뷰가 나가면서 태웅에 대한 대중의 시선은 다시 호감으로 바뀌었다.

'치명적 러브'가 극장가에서 순조롭게 흥행 몰이에 성공할 때쯤 태웅의 소속사 실버문 엔터테인먼트에서는 놀라운 소식을 전했다.

바로 태웅의 할리우드 진출이었다.

S# 6
사랑의 라이벌 등장

벤 하프만 감독의 신작 '삼총사: 더 웨스턴'에 태웅이 주인공 달타냥 역으로 출연한다는 소식이 한국을 강타했다.

"세계적인 배우 태웅 김을 우리 영화의 주연으로 캐스팅하게 되어 무척 기쁩니다. 동양인 배우라는 사실은 이 훌륭한 배우와 계약하는 데 아무런 장애가 되지 않았음을 밝힙니다. 그는 할리우드에서 새로운 역사를 쓸 것입니다."

고전 중의 고전인 삼총사.

그리고 그것을 서부극으로 재해석한 작품의 주연이 한국 배우 김태웅이라는 사실은 할리우드에서도 신선한 충격으로 받아들여졌다.

보편적인 흥행 공식을 깬 위험한 시도라는 평이 지배적이었지만, 한편으로는 이 배우의 가능성과 상품성을 검증할 수 있는 기회라는 말도 있었다.

─그가 현시점에서 누구보다 화제성 있는 배우인 것은 사실이다. 그러나 시간이 지나 사람들의 관심에서 멀어졌을 때도 관객들을 영화관으로 불러들일 수 있는 배우인지에 대해서는 아직 너무나 불확실하다. 삼총사의 제작사와 벤 하프만 감독은 도박이라고까지 할 수 있는 위험한 캐스팅이 어떤 결과를 낳는지 조마조마한 마음으로 지켜보게 될 것이다.

유명 영화 매체에서는 연달아 이에 대한 평을 내놓았다.
하지만 화제가 되는 것만으로도 절반의 성공이라는 말도 있었다.

─칸 남우주연상 수상자라는 사실만으로는 그의 가치를 다 설명할 수 없다. 그는 가는 곳마다 화제를 불러일으키는 타고난 스타이자 셀럽이며, 라이더 베스의 뒤를 잇는 위대한 동양계 스타가 될 것이다.

연달아 세 편의 영화가 대박을 치고, 칸 영화제 남우주연상까지 휩쓴 그가 이제 또다시 성공 신화를 쓰려 하고 있었다.

공식적인 출연료는 알려지지 않았으나 한국 영화배우 사상 가장 많은 돈을 받았을 것이라는 사실이 알려지면서 다양한 의견들이 인터넷상에 쏟아졌다.

'할리우드의 위력이 대단하긴 하구나.'

태웅은 회사 앞에 운집한 수많은 기자들을 보며 묘한 기분에 사로잡혔다.

한국은 유독 다른 나라에서 자국인들이 성공하면 열광적인 반응을 보였다.

태웅은 단기간에 극적으로 평가가 바뀌는 것을 경험하곤 그 사실을 실감할 수 있었다.

그가 TCL 차이니즈 극장 앞에서 했던 짓에 대한 비난은 이미 쏙 들어가고, 할리우드 블록버스터급 영화에 주연으로 캐스팅되었다는 이야기만 가득했다.

취소를 검토했던 문화훈장 역시 수여하기로 결정했다는 문화관광부의 메시지가 있었다.

"마음 같아서는 확 거절해 버리고 싶은데."

"그냥 좀 받아. 너 한국에서 진짜 천만 안티 거느리고 싶어서 그래?"

"그깟 안티 따위."

"동생 생각도 해. 여긴 한국이야."

"알았어. 받을게."

윤철의 타박에 태웅은 결국 얌전히 문화훈장을 받기로 했다.

원래는 보관이었는데 그보다 한 단계 낮은 옥관 문화훈장이라고 한다.

"얌전히 받고 소감으로 국위 선양 하겠다고 한마디 해. 그럼 넌 이제 국민 영웅에 앞길 탄탄대로야."

"자꾸 그런 거 시키면 확 이민 가버린다."

"…알았다."

'치명적 러브'는 개봉한 지 한 달 만에 800만 관객을 돌파하며 순항하고 있었다.

별다른 일이 없는 한 이번에도 천만 관객을 넘길 거라는 의견이 지배적이었다.

손만 대면 천만 배우!

출연한 작품마다 흥행 돌풍을 일으키며 확고한 흥행 보증수표로 자리 잡은 태웅을 모셔가기 위해 수많은 영화사에서 컨택이 들어왔지만, 그는 점잖게 거절했다.

"할리우드에서의 차기작에 집중하고 싶습니다. 할리우드 첫 작품이니만큼 국위 선양을 위해 최선을 다하겠습니다."

그의 말에 사람들은 태웅을 격하게 응원했다.

얼마 전까지만 해도 욕하는 사람이 대부분이었던 것과 비교하면 거의 한순간에 여론이 반전된 것이었다.

—김태웅은 지금까지 해외 진출한 배우들과는 레벨이 다르

지 않냐? 처음부터 블록버스터 영화 주연에다가 감독도 벤 하프만이야.

—일류 감독에 일류 시나리오라니 엄청 기대돼! 우리나라 배우가 이렇게 세계에 우뚝 서다니 자랑스럽다! 김태웅 화이팅!

—칸 남우주연상에 할리우드 첫 진출작이 주연이라니… 이제 김태웅 까면 사살임.

여론을 지켜본 윤철이 자신만만해하며 말했다.

"그것 봐라. 국위 선양 한마디 하니까 안티가 팬으로 돌아섰잖아. 얼마나 좋아?"

"참 단순해서 좋네."

태웅은 반박할 수가 없었다.

어쨌든 다음 영화의 촬영까지는 제법 시간이 있는 만큼 그는 천천히 미국으로 갈 준비를 하기로 했다.

고서윤에게 미국 현지에 있는 크라이튼을 통해 할리우드 근처에 살 만한 집을 알아봐 달라고 했다.

당분간은 한국과 미국을 오가며 살 생각이었다.

태선은 가급적이면 데려가고 싶었지만 자기 인생이 있으니 본인의 선택 여하에 맡기기로 했다.

어차피 경제적인 지원은 얼마든지 해줄 수 있으니 그녀 자신이 하고 싶은 것을 하게 해줄 생각이었다.

디자인 공부를 위해 유학을 가겠다면 보내줄 것이고, 할리우드에 패션숍을 열겠다면 열게 해줄 것이다.

실버문 엔터테인먼트는 원활하게 돌아가고 있었고, 마가린의 3집 음반과 새로운 걸 그룹 데뷔를 준비하는 중이었다.

많은 언론 매체와 릴레이 인터뷰를 한 후, 다소 한가해지자 태웅은 문득 강지나 생각이 났다.

아무 인사도 안 하고 미국으로 훌쩍 떠났던 것이 마음에 걸려서, 그는 그녀를 직접 찾아가기로 했다.

'회사에 있겠지? 없으면 괜히 헛걸음하는 건데.'

그래도 전화로 미리 연락을 하고 찾아가기는 싫고 놀래 주고 싶은 마음이 있었다.

ROD 사옥 근처에 도착한 그를 지나가는 사람들이 힐끗힐끗 보았다.

깊게 눌러쓴 모자와 선글라스, 그리고 마스크 때문에 얼굴을 알아볼 수는 없었지만, 어딘지 모르게 모델 포스가 좔좔 흐르는 몸매다 보니 눈에 띄긴 했다.

"저 사람 연예인 아냐? 비율이 장난이 아닌데?"

"그러게. 얼굴도 가리고 수상하다. 그렇지?"

지나가는 여자들이 수군대는 소리가 들려왔다.

역시 외모 업그레이드를 해버려서인지 이제는 얼굴을 가려도 연예인 취급을 받는 몸이 되어버렸다.

'은신 능력 같은 건 얻을 수 없나? 닌자 역할 같은 걸 해야 하나?'

태웅이 난감해하고 있는데 멀찍이서 강지나의 모습이 보였다.

오랜만에 봐서인지 한층 더 아름다운 것 같다.

손을 흔들며 인사를 하려던 그는 누군가가 그녀 가까이에 바짝 붙는 것을 보고 이상한 기분이 들었다.

파앗!

"꺄악!"

그녀가 손에 들고 있던 지갑을 야구 점퍼를 입은 남자 하나가 채서 도망갔다.

주변 사람들이 놀라서 소리쳤다.

"소매치기다!"

'저 새끼가?'

분노한 태웅이 튀어 나가려던 찰나, 그는 그 광경을 유심히 보고 있던 한 남자가 소매치기를 향해 마치 기다렸다는 듯 몸을 날리는 것을 보았다.

즉각적인 반응이라고 보기에는 너무나 신속한 동작이었다.

"으아악!"

소매치기는 달려든 남자에 덮쳐져 그대로 나뒹굴었다.

남자는 신속한 동작으로 그의 팔을 뒤로 꺾은 후, 손에서 떨어지는 지갑을 받았다.

"제길!"

그 틈을 탄 소매치기가 잽싸게 남자의 손을 벗어나더니 달아났다.

쏜살같이 도망가는 소매치기의 뒷모습을 따라가려던 남자가 멈칫하더니 강지나를 향해 몸을 돌렸다.

"괜찮으세요? 다친 데는 없으시고요?"

강지나는 당황한 듯 머뭇거리다가 고개를 꾸벅 숙였다.

"네, 괜찮습니다. 정말 감사해요."

"아닙니다. 지나가다가 운 좋게 가까이 있었던 것뿐인데요."

짙은 눈썹과 훤칠한 키, 서글서글하게 웃는 모습이 훈남이라는 말이 잘 어울리는 남자였다.

"어라? 그런데 혹시 강지나 씨 아니세요?"

남자의 말에 그녀의 눈동자가 커졌다.

"맞는데… 저를 어떻게 아시죠?"

"아하! 역시 그렇군요. 저 세훈 건설 양선민입니다. 아버지 존함은 양 자, 만 자, 식 자 되시고요."

"어머. 세훈 그룹 분이시구나."

재벌 가문끼리다 보니 그녀도 그에 대해 들어본 적이 있었다.

아마 어딘가의 파티 자리에서 본 것 같기도 했다.

"반가워요. 이런 데서 보네요."

"그러게 말입니다. 인연인가 봐요. 하하하."

호들갑 떨지 않고 점잖은 태도에 강지나도 그에게 호감을 느낀 듯했다.

"도와주서서 감사해요. 큰돈은 안 들었지만 신분증 같은 게 많았는데……."

"아는 분인데 서로 돕고 살아야죠. 다치지 않아서 다행입니다."

"전 괜찮아요. 그런데 어떻게 답례를 드려야 할지……."

잠시 머뭇거리던 그가 조심스럽게 입을 열었다.

"점심이라도 한 끼 사주시죠."

"점심이요?"

"저녁도 괜찮고요. 세간에 강 대표님하고 밥 한 번 먹기가 그렇게 힘들다는 얘기가 있어서 식사한 다음에 주위에 자랑 좀 하려고요. 하하하."

"그래요? 업무상 미팅하는 분들이랑은 자주 먹는데… 저희 직원들이랑도 맨날 먹고요. 호호호."

두 사람은 한동안 화기애애하게 대화를 주고받았다.

그 모습을 지켜보는 태웅의 마음 한편이 이상하게 울렁거렸다.

'뭐야, 기분이 왜 이러지?'

미국으로 떠나면서 그녀에게 연락 한 번 하지 않았던 자신을 생각하니 이런 기분이 드는 게 왠지 염치없기도 했다.

"그럼 마침 점심시간인데 지금 가시겠어요?"

그녀의 말에 양선민이 뭔가 생각난 듯 입을 열었다.

"아! 그러고 보니 제가 지금 업체 미팅을 가던 중이었네요.

깜빡했어요."

"에구. 어떻게 해요? 빨리 가보셔야 되는 거죠?"

"네, 아쉽게 됐네요. 아! 혹시 연락처 있으시면 주세요. 다음에 시간 되실 때 식사하면 되니까요."

'저 자식… 연락처 따는 수법이 아주 고단수네.'

태웅은 저절로 인상이 써졌다.

매너 있는 태도를 유지하면서도 은근슬쩍 작업을 거는 듯한 느낌이 물씬 풍긴다.

강지나는 그의 핸드폰에 번호를 찍어주는 대신 자신의 명함을 주었다.

'이것 봐라. 순순히 선을 넘게 하진 않겠다?'

양선민은 그녀의 태도에 한층 더 호승심이 일었다.

"이쪽으로 연락 주시면 돼요. 정말 감사했습니다. 조심히 들어가세요."

깍듯하게 인사를 하는 모습이 오히려 더 거리감을 느끼게 했다.

두 사람이 헤어진 후, 태웅은 한동안 그녀의 모습을 멀리서 지켜보았다.

지갑에 문제는 없는지 확인하고 자신의 옷매무새를 점검한 그녀는 다시 사무실 쪽으로 걸어갔다.

언제나처럼 단정하게 뒤로 묶은 머리와 고운 옆선이 눈부신 태양 아래 빛나고 있었다.

달려가서 말을 걸지도 않고, 뒤를 따라가지도 않고 하나부터 열까지 전부 다 지켜보고 있던 태웅은 자신도 모르게 미소가 지어졌다.

'갑자기 눈앞에 나타나는 것도 노매너지. 정식으로 연락하고 다시 와야겠다.'

그는 묘한 감정이 피어나는 것을 느끼며 조용히 발길을 돌렸다.

한편 길 건너편에서 이 광경을 고스란히 보고 있던 또 한 사람, 강창구는 한껏 인상을 썼다.

'뭐야? 저 느끼한 새끼가 왜 또 여기 있지? 세훈 건설 사장 아들이라고?'

지난번 식당에서 누나를 기분 나쁘게 지켜보고 있었던 그를 떠올린 강창구는 못마땅한 얼굴로 걸어갔다.

"어머, 어머. 강창구 아냐?"

"맞아, 맞아. 진짜 잘생겼다."

"사인 해달라고 할까? 아니면 사진 같이 찍자고?"

"몰라. 니가 가서 물어봐."

지나가는 여자들의 목소리가 들리자 그는 걸음을 빨리 했다.

'그런데 저 자식은 왜 내 앞쪽으로 가는 거야?'

자신이랑 같은 방향으로 걸어가는 것조차 짜증 나서 눈을

흘기고 있는데, 아까 그 소매치기가 양선민에게 다가가는 것
이 보였다.

'엥? 뭐지?'

해코지라도 하나 싶어 흥미진진하게 보고 있는데, 둘이 서
로 아는 사람처럼 얘기를 나누는 것이 아닌가?

"그럴듯했죠? 그런데 너무 팔을 세게 꺾으시던데……."

"빨리 가. 괜히 내 주위에서 얼쩡거리지 말고. 그리고 저 여
자 앞에 또 나타나거나 아는 척하면 죽인다."

불쾌한 벌레라도 대하는 듯한 태도였지만 소매치기인 척했
던 남자는 연신 굽실거리는 모습이었다.

강창구는 한동안 벙찐 표정으로 그 광경을 지켜보고 있었
다.

*　　　　*　　　　*

사무실로 돌아온 태웅을 기다리고 있던 것은 자신의 팬미
팅 소식이었다.

"팬미팅을 한다고?"

"그래. 너 할리우드 진출 확정되고나서부터 팬클럽에서 끊
임없이 하자고 메일이랑 편지 폭탄을 보냈다야. 그러니까 제
발 거절하지 마."

"휴우……."

팬 관리 따윈 하지 않으려 했지만 윤철의 간절한 눈빛을 보니 한 번쯤 해주는 것도 나쁘지 않겠다 싶었다.

"최대한 간단하게 할 거다. 쓸데없이 노래 부르고 춤추고 이런 거 시킬 생각하지 마. 절대 네버 꿈도 꾸지 마. 알았지?"

"아, 알았다. 거참 까다롭네."

하지만 승낙한 게 어디냐는 듯 윤철은 싱글벙글이었다.

"스케줄 잡았다. 다음 주 토요일로 하자."

"그렇게 빨리?"

"그럼. 쇠뿔도 단김에 빼야지."

태웅은 어처구니없었지만 차라리 빨리 끝내 버리는 게 나을 것 같기도 했다.

회사 홈페이지와 블로그, SNS에 태웅의 팬미팅을 한다는 공지를 올리자마자 사이트가 다운되었다.

엄청난 트래픽이 몰리면서 서버가 나가 버리고 만 것이다.

"헐… 대박. 태웅 아저씨 인기가 이렇게 대단해요?"

새 앨범 녹음을 하러 나온 마가린이 서버 다운 메시지가 뜬 홈페이지를 보고 감탄했다.

"그러게 말이다. 나도 이 정도일 줄은 몰랐는데?"

"이번 영화가 흥행에 성공하면서 여성 팬들이 대폭 늘어났다고 합니다. 회사로도 어마어마한 선물과 팬레터가 도착하고 있어서 아예 방을 따로 만들었습니다."

"으잉?"

처음 듣는 소식이었다.

고서윤은 황당해하는 태웅을 문제의 방(이라고 부르고 창고라 읽는다)으로 안내했다.

"헐… 이게 다 정말 나한테 온 거야?"

"그렇답니다. 날 잡아서 한번 다 열어보셔야 할 것 같습니다. 그리고 폭발물이나 위험한 동물 같은 건 없으니 안심하셔도 됩니다."

고서윤의 말로는 특수한 장비로 미리 다 검사를 했다고 한다.

정말 대단한 매니저를 두었다.

"이것 참 고맙긴 한데……."

몇몇 선물만 얼핏 봐도 상당한 고가품들이라 부담스러울 정도였다.

"참, 그리고 최 회장님도 참석하신답니다."

"최 회장? 최수빈 씨 말인가?"

"네."

"어디에?"

"팬미팅입니다."

"……."

태웅은 할 말을 잃었다.

"내가 잘못 들었나?"

"최 회장님도 형님의 팬이랍니다. 그래서 장소와 참가자 선물부터 시작해서 모든 것을 협조하시기로 했습니다."

"휴우……."

하루빨리 할리우드로 가야 할 이유가 또 늘었다.

"당장 전화 좀 하고 싶은데, 연결 좀 해줘봐."

"…알겠습니다."

잠시 후, 고서윤으로부터 거칠게 핸드폰을 빼앗은 태웅은 건너편에서 들려오는 최수빈의 목소리를 향해 입을 열었다.

"도대체 뭐 하시는 겁니까?"

─뭐가요?

"낯간지럽게 이런 식으로 굴지 마시고 그냥 만나자고 하세요."

─팬미팅 때문에 그럽니까?

최수빈은 껄껄 웃고는 말을 이었다.

─그거야 내가 태웅 씨 팬이니까 그런 겁니다. 이래 봬도 나도 팬클럽 회원이에요. 닉네임 수비나라고 치면 나옵니다.

'역겨워 죽겠네.'

태웅은 진저리가 쳐졌다.

"칠상파 상대하느라 바쁘실 텐데 이런 것까지 할 시간이 됩니까?"

─언제 죽을지 모르는데 하고 싶은 건 다 하고 살아야죠. 그리고 칠상파는 어차피 세무조사부터 시작해서 줄줄이 불려 가고 있는 중입니다.

"다행이네요."

—물론 가장 큰 흑막이 아직 걸려들지 않았지만 그것도 시간문젭니다. 그 사람 정체만 밝혀낸다면 모든 일은 끝나요.

'도대체 무슨 소린지……'

태웅은 그의 말이 아리송하기 그지없었다.

—검사 살인 사건을 지시한 사람과 칠상파의 뒤를 봐주고 있는 VIP는 같은 인물일 가능성이 커요. VIP가 뜻하지 않은 인물일 수 있으니 난 요즘 마음의 준비를 하고 있답니다. 깜짝 놀랄 만한 반전 영화일 수도 있으니까요.

"모든 것을 영화에 비유하시는군요. 아주 영화인 다 되셨습니다.

—하하하. 나야 진작 영화인이었죠. 그리고 할리우드 영화 계약 축하합니다. 삼총사를 서부극으로 재해석했다니 상상조차 안 가네요. 기대하며 지켜보겠습니다.

통화를 마친 후 태웅은 완전히 말려들었다는 생각이 들었다.

앞으로 살날이 얼마 안 남은 사람이 왜 이렇게 쌩쌩한 걸까? 하는 의문까지 들었다.

＊　　　＊　　　＊

태웅은 최근에 산 캐딜락 에스컬레이터를 타고 ROD 앞으로 향했다.

이번에는 아무 일도 당하지 않은 강지나가 환한 미소를 지으며 차로 다가왔다.

"태웅 씨! 이건 웬 차예요?"

"새로 뽑았어요. 조금 투박하죠?"

"아니에요. 저 이런 차 좋아해요. 우리 빨리 가요."

주위의 시선을 의식하지 않을 수 없는 스타가 되어서인지 신경 쓸 게 많다.

태웅은 그녀가 조수석에 올라타자 모자를 푹 눌러쓰곤 그대로 액셀을 밟았다.

방으로 된 조용한 일식집에서 오랜만에 태웅은 그녀와 둘만의 시간을 보낼 수 있었다.

"여기 정말 분위기 좋아요. 제가 가려고 했던 곳보다 훨씬 멋진데요?"

"맨날 지나 씨가 장소를 예약하셔서, 이번에는 제가 했습니다."

"저랑 같이 간 곳이 마음에 안 드셨던 건 아니죠?"

"그럼요. 그냥 너무 번거롭게 해드린 것 같아서요."

별것 아닌 얘기를 주고받았음에도 이상하게 기분이 즐겁다.

그것은 그녀도 마찬가지인 듯, 평소의 냉철한 표정과는 달리 연신 싱글벙글이었다.

"말도 없이 할리우드 가셔서 깜짝 놀랐어요. 적어도 인사라도 할 줄 알았는데……."

그녀가 서운한 기색을 내비쳤다.

"정말 미안해요. 그때 한창 뉴스원 나가고 나서 시끄럽던 때라, 최대한 조용히 나갈 생각에 아무한테도 연락을 안 했어요. 그러다 보니……."

잠시 눈을 흘기던 그녀는 언제 그랬냐는 듯 장난스럽게 미소 지었다.

"알고 있어요. 힘든 시기였다는 거. 그래도 이렇게 할리우드 주연배우도 되시고, 조만간 팬미팅도 하신다면서요?"

"정 대표가 자기 맘대로 잡아놨더라고요. 조만간 할리우드 가면 한국에서 활동을 많이 안 할 수도 있으니까, 한 번 하기로 했죠."

"그렇구나. 한국에는 많이 안 계시겠네요."

그녀의 얼굴이 어두워졌다.

"지금도 잘 못 보는데, 앞으로는 더 못 보겠어요."

"설마요. 하하. 그래도 강 대표님은 자주 뵐 것 같습니다."

"할리우드 스타가 되시면 저 같은 여자는 안중에도 없을 것 같은데요? 수많은 미녀 배우들이 주위를 맴돌 텐데 절 기억이나 하실까요? 후훗."

진심으로 섭섭해하는 건지 아니면 장난인지 구분이 가지 않는 말투였다.

이쯤 되면 태웅도 한번 받아치지 않을 수 없다.

"할리우드 가봤는데 지나 씨보다 예쁜 여성분은 없던데요. 단 한 명도."

그 말에 그녀의 얼굴이 순식간에 빨개졌다.

"에이, 설마요. 그럴 리가. 거기는 세계 최고의 미녀들만 모아놓는 곳인데……."

말은 그렇게 하면서도 그녀는 표정 관리를 전혀 하지 못했다.

평소 그녀답지 않은 모습을 보니 절로 웃음이 났다.

"뭐야, 역시 장난이죠? 내 그럴 줄 알았어."

웃는 태웅을 보고 그녀는 눈을 흘겼다.

장난이긴 하지만 할리우드에도 그녀만 한 여자가 없는 건 진짠데…….

"그런데 지나 씨는 만나시는 분이 없으신가요?"

"그건 왜요?"

갑작스러운 질문에 그녀가 눈을 동그랗게 떴다.

"많이들 들이댈 것 같아서요. 소개도 많이 들어올 것 같고. 집안에서도 압박이 심할 것 같은데. 아닌가요?"

그녀는 한숨을 푸욱 쉬었다.

"꼭 직접 본 것처럼 말씀하시네요. 아주 정확해요. 하지만 전 딱히 생각이 없어서 그냥 혼자 지내고 있답니다."

태웅은 지난번에 본 남자가 신경이 쓰였다.

세훈 그룹이라면 삼원과 더불어 한국 최대 기업이다.

외모나 조건, 집안 같은 것으로 볼 때 두 사람은 무척이나 잘 어울려 보였다.

그는 더 이상 캐묻지 않고 조용히 음식을 입으로 가져갔다.

'뭐야? 그게 끝이야?'

그녀는 싱거운 태웅의 질문에 쓸쓸한 기분을 느꼈다.

뭔가 더 진전이 있을 줄 알았지만 항상 제자리인 것 같다.

*　　　*　　　*

식사를 마치고 태웅은 그녀를 사무실 앞으로 바래다주었다.

차에서 내린 강지나는 자신을 건물 앞까지 배웅해 주는 태웅에게 나지막한 목소리로 말했다.

"이렇게 헤어지고 또 언제 볼 수 있을까요?"

태웅은 순간 말문이 막혔다.

"태웅 씨는 또 훌쩍 사라지시겠죠. 어느 날 갑자기 할리우드 영화를 찍으러. 혹은 어느 날 갑자기 위험한 서바이벌 예능 프로그램을 찍으러. 어느 날은 삼합회 간부의 딸인 여배우를 만나러. 또는 누군가의 연기 지도를 하러."

그녀의 눈빛이 촉촉해졌다.

"지나 씨……."

"전 또 애써서 태웅 씨의 영화에 제 회사 배우를 집어넣고, 같이 영화제나 촬영장에 갈 일을 만들고, 태웅 씨에게 광고를 제의하고, 함께할 자리를 만들려고 애쓰고……."

더 말을 잇지 못하고 자신을 바라보는 그녀를 보며 태웅은 가슴이 답답해졌다.

왜 깨닫지 못했을까?

그녀는 단순히 일 때문에 자신의 앞에 계속해서 나타난 게 아니라는 사실을.

언제나 그가 있는 쪽을 바라보고 있었다는 것을 말이다.

"이런, 지나 씨! 또 이렇게 뵙네요!"

답답한 마음에 입을 열려던 찰나, 누군가가 그녀를 향해 반가운 기색을 하며 손을 흔들었다.

'그때 그놈이군.'

세훈 건설의 양선민.

이상하게 이름이 똑똑히 기억이 났다.

"안녕하세요."

강지나가 어색한 태도로 그에게 인사했다.

"지금 식사하신 거죠? 아까 약속 잡으려고 전화를 해도 안 받으시길래… 어라? 이분은 유명하신 분 아닌가요?"

그가 태웅을 보며 살가운 미소를 지었다.

그러고는 손을 내밀어 악수를 청했다.

"영광입니다. 저는 강지나 씨 친구 양선민이라고 해요."

'친구?'

강지나는 당혹스러웠다.

지난번 소매치기로부터 자신을 구해줬을 뿐인데 친구라니…….

하지만 그렇다고 지금 여기서 그 말을 반박하기도 난감한 노릇이었다.

"친구라… 그렇군요. 암튼 반갑습니다. 김태웅이라고 합니다."

"맞네! 저 태웅 씨 팬이라서 출연하신 영화 다 봤습니다. 정말 연기가 예술이시더라고요."

"고맙습니다."

태웅은 딱딱한 태도로 일관했지만, 양선민은 아랑곳하지 않고 서글서글한 미소를 지으며 칭찬 세례를 퍼부었다.

'피곤한 놈이로군.'

같은 재벌이지만 까칠하고 도도한 강창구에 비하면 꽤나 붙임성이 있는 편이다.

하지만 왠지 뭔가를 숨기고 있는 듯한 기분이 들었다.

"그럼 전 가보겠습니다. 강 대표님."

중간에 끼어 끊임없이 말을 늘어놓는 양선민 때문에 태웅은 중요한 얘기를 꺼낼 타이밍을 놓치고 말았다.

"네… 조심히 들어가세요. 김 배우님."

그녀 역시 다 꺼내놓으려던 마음을 다시 집어넣고 말았다.

　　　　　*　　　　　*　　　　　*

　목적을 달성했다고 생각한 양선민만이 회심의 미소를 지었다.

　그는 사실 강지나에게 사람을 붙여서 그녀의 행적을 낱낱이 전달받고 있는 중이었다.

　스토킹이나 다름없는 짓이지만, 누구도 그가 그런 행동을 하고 있는지 알아차리지 못할 것이다.

　심지어 그녀의 차에는 위치 추적기까지 설치했으며, 몰래 그녀가 사는 집 주소를 알아내 찾아가 보기까지 했다.

　위험한 행동이었지만 조금도 양심의 가책은 없었다.

　그리고 그는 태웅과 강지나, 두 사람이 심상치 않은 관계라는 사실도 파악한 후였다.

　'배우 나부랭이 따위가 감히… 넘볼 걸 넘봐야지.'

　벌써 그녀를 자신의 여자로 점찍은 듯한 태도였다.

　'아주 자근자근 짓밟아서 다시는 이 여자에게 붙지 못하게 해주지.'

　음험한 마음을 품은 그였지만 겉으로는 깍듯한 태도를 유지했다.

　한편 태웅은 차를 타고 가다가 이면 도로에 세워둔 후 잠시 멍하니 앉아 있었다.

강지나의 마음에 대한 대답을 해주지 못한 것이 마음에 걸렸다.

'저 양선민이란 자식, 누굴 바보로 아나?'

뭔가 꺼림칙했었는데 확신이 들었다.

그는 분명 강지나에게 다른 마음이 있었고, 우연이라 하기에는 지나치게 자주 나타난다.

붙임성 있고 예의 바르고 친절한 겉모습 뒤에는 구린 속내가 있다.

'어딜 가나 똥파리가 나타나는군. 세훈 그룹이라고 했지? 한 번 파 볼까나?'

태웅은 빙긋 웃었다.

할리우드에 가기 전 또 하나의 여흥거리가 생긴 것이 기쁘기 한량없었다.

S# 7
미국 대통령을 만나다

광화문에 위치한 문화관광부에서 태웅은 옥관 문화훈장을 수여받았다.

장관 앞이었지만 그는 조금도 떨리거나 긴장하지 않았다.

과거 버락 오바마 대통령과 자주 오찬을 나눌 만큼 친했었고, 교황청에도 수시로 드나들었었기에 이 정도는 대단한 일도 아니다.

"태웅 씨, 반가워요. 국위 선양에 힘쓰느라 고생이 많아요. 허허허."

"이렇게 영광스러운 상을 받게 되어 정말 기쁩니다."

장관의 말에 태웅은 겸양을 떨었다.

윤철이 당부한 것도 있고, 어찌 됐든 장관이니 예우를 다하기로 했다.

"가수 따이 이후 대한민국에 이런 쾌거가 있을 줄은 몰랐네요! 세계 최고의 영화제에서 남우주연상이라니. 요즘 살기 힘든 국민들에게 청량음료와 같은 시원함을 선사해 주셨습니다. 허허허허허허."

반들반들 빛나는 대머리와 과하게 미백을 한 듯한 이빨이 눈부셨다.

"이제 청와대로 이동하시죠. 함께 오찬을 나눕시다."

*   *   *

미리 전해 들은 대로 대통령과의 만찬이 있다고 했다.

물론 그뿐만 아니라 대한민국 각계각층에서 이름을 날린 유명 인사들이 모두 모인 자리였다.

미국 대통령의 방한으로 인해 양국의 국빈들이 모인 만찬 자리였다.

청와대 영빈관으로 이동하면서 태웅은 윤철에게 불평을 늘어놓았다.

"나 때문에 열리는 게 아니라 그냥 곁다리 끼는 거잖아? 이게 웬 시간 낭비람."

"그냥 좋은 구경 한다고 생각해. 우리가 이런 자리에 언제 또 와보겠냐?"

태웅의 속도 모르고 윤철은 연신 싱글벙글이었다.

그로서는 이런 자리에 언제 또 초청받을지 몰랐기에 기쁘기 한량없어 보였다.

—이 자리에 참석하신 귀빈 여러분들께 알려 드립니다. 곧 행사가 시작되오니 한 분도 빠짐없이 자리에 착석해 주시기 바랍니다.

설치된 스피커에 안내 멘트가 흘러나오자 청와대 안을 구경하고 있던 태웅과 윤철은 행사장으로 이동했다.

이름난 대중음악 뮤지션, 영화감독, 운동선수와 국무총리, 국회의장, 대법원장, 대기업 회장, 주한미군사령관, 합참의장, 주한 대사 등이 참석한 영빈관 안에는 비슷한 직군의 사람들이 각기 열 개가 넘는 테이블에 모여 앉아 있었다.

'익숙한 얼굴들이 보이네?'

'우상'의 고화영 감독과 오영홍, 그리고 삼원 그룹 강부식 회장이 그와 안면이 있는 사람이었다.

"우와, 내 생전에 또 이런 일이 있을까? 이제 죽어도 여한이 없다. 고맙다, 김태웅."

윤철이 쟁쟁한 인물들과 함께 국빈 만찬에 참석하여 감동받은 듯 태웅을 끌어안으려 했다.

태웅이 윤철의 이마를 손바닥으로 밀어내며 실랑이하는 동
안 장중한 음악이 흐르며 영빈관의 문이 열렸다.

—양국의 대통령 내외분이 입장하십니다. 귀빈들께서는 환
영의 박수를 보내주시길 부탁드리겠습니다.

우레와 같은 박수와 함께 미국 대통령 크럼트와 한국의 대
통령이 입장했다.

영부인들 또한 그 뒤를 따랐다.

악단의 음악이 실내에 울려 퍼지는 동안 두 대통령은 손을
흔들어 사람들의 박수에 답했다.

대통령들이 연달아 간단한 기념사를 밝힌 후, 인기 가수인
장범현이 나와서 축하곡을 불렀다.

'기왕이면 마가린이 와서 불렀으면 좋았을 텐데.'

그러고 보니 눈에 익은 사람 하나가 무대 가까운 곳에서
또 보였다.

마가린의 타이틀곡을 만들어준 프로듀서 불낙이 한껏 폼
을 잡으며 앉아 있었다.

'저 인간은 왜 초청받은 거야?'

태웅은 의아했지만 사실 불낙의 위상은 대단했다.

최근 그가 프로듀싱한 '소년돌파'라는 남자 아이돌 그룹이
세계적인 인기를 끌고 있었고, 그 또한 미국 유수의 음악 잡지

와 인터뷰를 하기도 했다.

만찬이 시작된 후 미국 대통령 크럼트는 일어나서 자유롭게 테이블을 돌며 인사를 하기도 했고, 빈자리에 앉아 근처 사람들과 대화를 나누기도 했다.

양국의 대통령 모두 젊은 편이라 그런지 엄숙한 분위기와는 거리가 먼, 흥겨운 돌잔치 같은 느낌의 파티였다.

태웅이 있는 테이블로 크럼트가 다가오자 윤철은 바짝 얼어붙었다.

"자네가 태웅 김이군. 듣던 대로 핸섬가이네."

*　　　*　　　*

크럼트가 대뜸 빈자리에 앉은 후 옆자리의 태웅에게 말을 걸자 테이블에 둘러앉아 있던 연예계 사람들은 일제히 긴장했다.

또 무슨 사고를 칠지 조마조마해하는 눈빛이다.

'거참. 내가 무슨 시한폭탄도 아니고 왜 가는 곳마다 사람들이 불안해하지?'

그는 이번만큼은 아무런 사고도 안 일으키겠다는 생각에 정중히 크럼트를 향해 대답했다.

"대통령님께서도 미남이십니다."

"하하핫. 그래 봤자 배우만 하겠나? 하긴, 나도 젊을 때 배우하라는 말 꽤나 듣긴 했지만."

나름 젊었을 때는 한가락 했을 것 같은 크럼트의 외모였다.

"얼마 전에 할리우드 영화 계약하셨다고… 실은 내가 그 영화 엄청 기대하고 있어요. 어릴 때부터 삼총사 마니아였거든. 그런데 삼총사 웨스턴이라, 하하하. 정말 어떻게 그런 기발한 생각을 했는지 몰라."

미국의 대통령이 자신의 소식을 이렇게 상세히 알고 있다니…….

사실 그는 SNS도 즐겨하고 할리우드 영화에도 관심이 많다고 알려진 한량이었다.

세계적인 호텔 브랜드 오너 가문의 일원으로 태어나 젊었을 때는 유흥에 빠져 거의 망나니 같은 생활을 했다고 하니, 일반적인 대통령 타입의 인물은 아니다.

"그러시군요. 저도 두근두근하며 촬영을 기다리고 있습니다."

"아무튼 멋진 연기 기대하겠네. 내 딸아이도 삼총사 이야기를 무척 좋아하거든. 내가 어릴 때부터 워낙 자주 읽어줘서 말이야."

크럼트의 뒤로 다가온 한 늘씬한 금발의 미녀가 태웅을 보고 눈을 동그랗게 떴다.

"어머, 그 사람이다! 그 차이니즈 극장 사고 친 사람!"

대놓고 자신에게 손가락질 하는 그녀를 보며 태웅은 기분이 언짢아졌다.

외모는 다 큰 처녀인데 말하는 투는 무슨 초등학생 같다.

"하하하. 얘가 내가 말한 딸아이야. 멜리사, 여기 이 사람 알지? 삼총사 영화에 주인공으로 캐스팅된 배우."

"진짜네? 그런데 왜 동양 배우를 썼대요? 하나도 안 어울리게… 나 달타냥 좋아하는데."

*   *   *

그녀의 개념 없는 말에 순간 좌중의 분위기가 싸해졌다.

파격적인 언행으로 유명한 크럼트마저도 당황한 듯 헛기침을 하며 멜리사의 뒤에 서 있는 검은 정장의 남자에게 눈짓을 했다.

다른 데로 데려가라는 것 같았다.

"왜? 나 그냥 여기 있으면 안 돼?"

툴툴거리며 영부인이 있는 곳으로 걸어가는 멜리사를 보고 크럼트는 안도의 한숨을 쉬었다.

"애가 아직 어려서 철이 없다네. 그런데 진짜 차이니즈 극장 앞에서 무슨 생각으로 그런 건가? 정말 너무 웃겨서 그 기사 보고 한참 웃었다고."

아무래도 그 역시 태웅의 꼴통 짓에 홀딱 빠진 사람 중 하나인 듯했다.

"제가 성격이 좀 급해서요. 나중에 할 거 미리 해버린 거죠."

"하하핫! 정말 재밌는 친구야. 내 트윗 알지? 나중에 촬영할 때 꼭 멘션하라고. 백악관에 초청할 테니까."

그 말에 주위 사람들이 모두 놀랐다.

이런 자리에서 미국 대통령에게 초청을 받다니!

다른 사람은 예의상 하는 말일지 몰라도 크럼트라면 정말로 초대할 수도 있을 것 같았다.

"직접 촬영장에 구경 오는 건 어때요? 훨씬 재밌을 텐데."

미국 대통령을 향해 거침없이 말하는 태웅의 언행 또한 아슬아슬한 살얼음판을 걷는 수준이었다.

어딜 가든 사고를 치고 이슈 몰이를 한다는 점에서 둘은 닮은 점이 있었다.

"그것도 괜찮은데? 그때까지 딸아이를 한번 설득해 보지. 쟤가 성격이 나쁜 애는 아니야. 그냥 철이 없는 거지."

그는 태웅의 어깨를 툭 치곤 일어나서 다른 테이블로 향했다.

수행원들이 허둥지둥 그의 뒤를 따랐다.

크럼트가 다른 테이블로 간 것을 본 윤철이 막힌 숨을 터뜨리듯 길게 한숨을 쉬었다.

"휴우… 아주 조마조마해서 숨넘어갈 뻔했네."

"왜?"

"왜긴 왜야. 네가 너무… 아니다, 됐다."

그와 같은 테이블에 둘러앉은 사람들은 이제 긴장을 풀고 만찬을 즐겼다.

"그런데 멜리사라는 애, 아버지 닮아서 막말 쩐다더니 명불 허전이네."

하마터면 큰 외교적 결례를 범할 뻔했음에도, 그녀나 그녀의 아버지나 별다른 위기의식이 없었다.

'나중에 호되게 예의범절 교육 좀 시켜야겠군.'

다른 건 몰라도 피부색과 머리색, 눈동자색 가지고 자신을 놀렸던 사람들에게는 한 번도 빠짐없이 가혹한 응징을 했던 그였다.

제아무리 미국 대통령의 딸이라고 해도 용서는 없다.

'기다려라, 백악관. 내가 가는 날 아주 쑥대밭을 만들어주마.'

*   *   *

정작 청와대까지 가서 한국 대통령과는 제대로 대화 한번 나누지 못한 태웅은 아쉬운 마음이 들었다.

청와대 안에 들어가 보는 것이 일반인들은 평생 한 번 하기도 어려운 특별한 경험이었기에 더욱 그랬다.

'여차하면 대통령이나 해볼까? 후후……'

고즈넉한 분위기와 전통적인 건물, 그리고 주변 풍경까지도 마음에 들었다.

*　　　*　　　*

"이번에는 사고를 안 치셨군요! 나라 망신 전문 배우께서 말입니다."

갑작스러운 소리에 고개를 돌리니, 금남일보 우완태 기자가 그를 보며 능글맞은 미소를 흘리고 있었다.

칠상파가 운영하는 기획사 BH엔터테인먼트와 밀접한 관계를 맺고 있는 기자로, 그들에게 유리한 기사를 찍어내기로 유명하다.

영화 '우상'의 제작 발표회에서 태웅과 천만 관객을 걸고 내기하여 패한 후, 달동네에서 연탄 나눔 봉사를 하고 골병이 들었었다.

한동안 나타나지 않아서 완전히 기가 죽었거나 기자 생활을 관둔 게 아닌가 했었는데, 이렇게 또 만나니 반갑기까지 하다.

"이제 조금 있으면 겨울 되는데, 어떻게 연탄 봉사 또 한 번 같이해 보시렵니까?"

"불우 이웃 돕는 거야 못할 거 없죠. 사람 괴롭힐 생각으로 머릿속이 가득한 사람에게 강요당하는 게 아니라면."

여전히 태웅 때문에 죽을 고생을 한 것에 원한을 간직하고 있는 것 같았다.

"말은 똑바로 해야죠. 언제 내가 시켰습니까? 정정당당하게 내기를 했고, 우 기자님께서 패배하시는 바람에 수행한 벌칙 아닙니까?"

한 치의 흔들림도 없는 태웅의 태도에 우완태의 여유가 사라졌다.

"태웅 씨, 지금 승승장구한다고 다 잘될 것 같죠? 마냥 앞길이 탄탄대로일 것 같죠?"

"아닌데요? 전 그렇게 낙천적인 사람이 아니라서."

"휴우……."

우완태는 치솟는 화를 억누르는 듯 입술을 깨물었다.

"뒤에 누군가 있다고 해서 기세등등한 모양인데 앞으로 그렇게 인생이 쉽게 풀리진 않을 거요. 큰 코 다칠 날이 있을 테니 지금 많이 누려두시든가."

씩씩거리며 사라지는 그를 보고 태웅은 고개를 갸웃했다.

"쟨 뭐냐? 왜 또 나타나서 꼬장이야?"

윤철 또한 어처구니없었다.

엄연히 대표인 자신이 옆에 버젓이 있는데 소속 배우에게 저런 말을 하고 사라지다니…….

"저 거지 같은 기레기 새끼, 말이면 단 줄 아나? 확 그냥……."

"뭔가 준비를 하고 있는 것 같다. 그러니까 저렇게 와서 헛소리하고 가지 않겠어?"

"준비는 무슨, 이제 칠상파 소탕 작전도 거의 종착역이라며?"

윤철의 말에 태웅은 고개를 저었다.

칠상파의 뒤를 봐주고 있는 VIP를 잡지 못하면 결국은 꼬리 자르기가 될 뿐이다.

*   *   *

─BH엔터테인먼트의 대표 구상문 씨가 오늘 오전 6시경 자신의 차 안에서 사망한 채 발견되었습니다. 죽기 전 번개탄을 피웠고 사방이 밀폐된 환경이었던 점, 그리고 시신 옆에 유서와 약병이 발견됨에 따라 경찰은 구 씨가 자살을 한 것으로 보고 경위를 수사 중입니다. 유서에는 얼마 전 세간을 떠들썩하게 했던 최동렬 검사 살인 사건의 범인이 본인이라고 자수하는 내용이 적혀 있어 놀라움을 주고 있으며……

다음 날 뉴스에서 흘러나오는 충격적인 소식에 태웅은 입을 다물지 못했다.

*   *   *

태웅의 팬미팅 현장.

화려한 호텔 연회 식장을 개조한 곳으로, 도대체 무슨 행사에 쓰는지 알 수 없을 정도로 공간이 넉넉했다.

"김태웅! 김태웅!"

실내가 암전되었지만 팬들의 함성은 끊임없이 어둠 속에서 울려 퍼졌다.

이윽고 무대 한복판에 설치된 스크린에서 동료 연예인들의 축전 영상이 흘러나오기 시작했다.

'연예계에 친구도 몇 없는데 참 열심히 끌어모았군.'

별로 친하지도 않은 연예인들이 태웅의 팬미팅을 축하해 주는 영상이 연속으로 재생되었다.

가식적인 멘트였지만 운집한 천 명의 팬들은 이 광경을 보고 환호했다.

영상의 편집이나 무대의 스케일, 은은히 흘러나오는 음악까지 세심한 손길이 들어간 것이 보였다.

윤철을 비롯해 행사를 준비한 회사 식구들이 얼마나 고생했는지 느껴져서 마음이 찡했다.

─태웅 씨, 팬미팅 축하해요! 처음 '청춘은 맛있어!'에서 함께 연기했던 게 엊그제 같은데 벌써 월드 스타가 되셨네요! 앞으로도 소중한 팬 여러분들께 많은 사랑받으시길 바랄게요!

나진영의 모습이 스크린에서 흘러나오자 태웅은 마시던 음료수를 뿜어버렸다.

"쟤는 왜 넣었어?"

　어둠 속에서 옆에 있는 윤철에게 따지듯 물었지만, 그는 어깨를 으쓱했다.

"뭐 어때서?"

"에라이……."

　태웅이 한숨을 쉬었다.

"참고로 오늘 팬미팅은 ROD 쪽에서 많이 도와줬다. 그런 줄 알아."

"ROD?"

"그래, 강지나 대표가 소속 연예인들 많이 보내줬어. 안 그랬으면 우리 회사랑 사교성이라곤 전혀 없는 네 인맥으로 어떻게 이런 데서 팬미팅을 하겠냐?"

"팬미팅이란 걸 꼭 이렇게 콘서트 같이해야 해?"

　그 말에 윤철이 상처 입은 듯한 표정을 지었다.

"태웅아. 그래도 우리 회사 연예인 첫 팬미팅이다. 그냥 조촐하게 하면 대표인 내 마음이 어떻겠냐?"

"네 마음은 모르겠고 이거 너무 번잡한데."

"그런 생각하지 말고 그냥 즐겨. 다 널 축하하러 온 사람들이라고 생각하고."

사실 태웅은 대략적인 얼개만 듣고 리허설도 간단하게 해서 팬미팅이 어떻게 흘러가는지 상세히 알지 못했다.

그저 입담이 넘치는 사회자의 진행만 믿을 뿐이었다.

―태웅! 요즘 따라 네가 무척 보고 싶어. 그리 오랜 시간 함께하지 않았지만 넌 정말 좋은 파트너였어. 그래서 말이야, 내가 새 프로젝트를 준비하고 있는데 함께했으면 좋겠어. 이번엔 베링해 대게 잡이라고, 좀 힘들긴 할 건데 너랑 같이하면 정말 좋을 것 같아! 연락 줘!

노튼 베어울프의 축전인지 저주인지 모를 영상도 흘러나왔다.

마지막 말에 지켜보던 팬들 사이에서 폭소가 터졌다.

아마 농담이라고 생각하는 것 같았다.

'저거 진짜일걸… 저 인간, 정말로 날 대게 잡이 어선에 날 태우고 싶은 건가?'

러시아와 알래스카 사이에 있는, 세계에서 가장 위험한 바다라는 베링해에는 킹크랩이 넘쳐나는데, 그것을 잡아 일확천금을 노리려는 어선들이 몰려든다.

예전에 한번 관련 다큐멘터리를 본 적 있는데 정말 살 떨릴 정도였다.

―안녕하세요. 마가린입니다. 태웅 오빠와는 아직 무명일

때부터 한솥밥을 먹었네요. 이렇게 세계에서 인정받고 할리
우드에도 진출하는 배우가 되다니… 정말 감회가 새로워요.

요즘 한창 인기 많은 마가린이 영상에 나타나자 반응이 상
당했다.

남성 팬뿐 아니라 여성 팬들도 많은 그녀라서 그런지 곳곳
에서 환호성이 터져 나왔다.

영상이 끝남과 동시에 무대가 밝아지며 마가린의 축하 공연
이 시작되었다.

*   *   *

화려한 조명과 무대 세팅, 그리고 수십 명의 세션들까
지…….

'이거 너무 스케일이 큰데? 이럴 것까지야…….'

부담스러워서인지 가시방석에 앉은 것처럼 불편했다.

열광적인 함성과 함께 촛불들이 관객석을 수놓으며 움직였
다.

꼭 인기 스타의 콘서트장 같은 느낌이었다.

노래가 끝나자 그녀는 차분한 태도로 입을 열었다.

"이 곡은 태웅 오빠가 만들어준 노래예요. 저 개인적으로
는 2집 앨범 수록곡 중 가장 좋아하는 곡인데요. 노래 정말

좋죠?"

"네!"

열성 팬들의 외침에 공연장이 들썩였다.

"그럼 저는 이쯤에서 물러나고, 다음 게스트를 모실게요. 다 함께 불러볼까요? 올리브차일드!"

"꺄아아아아악!"

절규에 가까운 괴성 같은 환호가 터지며 슈퍼 인기 아이돌 그룹 올리브차일드가 모습을 드러냈다.

아시아는 물론 유럽에서도 상당한 팬덤을 거느리고 있는 올리브차일드.

강창구가 몸담고 있는 보이 그룹이다.

이제 데뷔한 지도 꽤 되어 초창기 소년스러움보다는 남성미로 승부하고 있었는데, 최근 강창구가 배우 생활에 전념하느라 벌써 3년째 신보 소식이 없었다.

그랬는데 태웅의 팬미팅에 깜짝 등장한 데다가 야심 차게 신곡을 들고 나온 것이다.

게다가 더욱 중요한 것은 완전체로 등장했다는 것!

"강창구다!"

"우와앙… 멋있어!"

갑작스럽게 등장한 강창구가 센터에 서서 멋들어지게 현란한 춤을 추었다.

온몸의 관절이 따로 노는 듯한 격렬함에 탈구가 되진 않을

지 걱정이 될 정도였다.

"쟤는 왜 남의 팬미팅에 와서 저렇게 열심히 추냐?"

"글쎄다. 분위기로 봐서는 너보다 돋보이려는 속셈 같은데?"

　*　　　*　　　*

멋진 춤과 노래로 올리브차일드의 무대를 마무리한 후, 강창구는 심한 자괴감을 느꼈다.

'제길. 왜 이렇게 열심히 했지? 대충해서 그냥 망쳐 버릴 생각이었는데……'

누나의 강요로 인해 억지로 참석한 팬미팅이다.

"그래도 네 연기 선생님이고 한참 형인데 어떻게 팬미팅 게스트도 안 하겠다는 거야?"

뻗대는 그의 등짝을 매서운 손바닥으로 갈기며 그녀는 동생을 태웅의 팬미팅으로 내몰았다.

'그리고 무슨 남의 팬미팅 축하 무대에 가서 신곡 발표를 하냐고!'

그것은 올리브차일드 멤버들이 간절히 원한 것이었다.

어차피 앞으로 배우 전업 때문에 무대에 함께 서기 힘든 강창구다.

오랜만에 그와 한 무대에 설 기회가 생긴 멤버들은 기쁜 마음에 완전체로 새 앨범 타이틀곡을 선보이고 싶어 했고, 강지나 역시 그 뜻을 흔쾌히 수락한 것이다.

'쓸데없는 짓거리… 그게 무슨 의미가 있어?'

대충할 생각이었는데 막상 오랜만에 무대에 서니 한때 아이돌 최고의 춤꾼으로서 대한민국을 뒤흔들었던 댄싱 머신의 피가 용솟음쳐 버렸다.

정신이 들고 나니, 관절이 박살 날 듯 혼신의 힘을 다해 춤을 추고 있는 것이 아닌가!

'에잇! 쪽팔려. 저딴 자식의 팬미팅에나 오고… 이 강창구도 다 죽었네.'

무대를 마치고 대기실로 오자, 그를 기다리고 있던 강지나가 환한 미소를 지으며 동생을 끌어안았다.

"어이구, 우리 창구 예뻐라. 오랜만에 무대 서니까 좋았어? 누나 말도 잘 듣고, 우리 강아지. 우쭈쭈."

"집어치워! 강아지는 무슨… 쪽팔리게……."

"자식, 부끄러워하긴."

그 모습을 보던 올리브차일드 멤버들이 폭소를 터뜨렸다.

"푸하하. 창구 여전하네. 대표님한테 애 취급당하고."

"꺄하하. 아까 그 카리스마 다 어디 갔냐?"

자신을 놀려대는 멤버들을 보며 강창구가 버럭 했다.

"시끄러워! 하여튼 도대체가 맘에 드는 인간들이 하나도 없어!"

투덜대고 성질내긴 하지만 멤버들은 알고 있었다.

강창구는 누나가 시키는 것만큼은 결국 하고 만다는 사실을 말이다.

*   *   *

사회자의 진행에 따라 태웅은 팬미팅을 마쳤다.

막상 무대에 서서 수많은 팬들의 환호성을 듣는 것도 나쁘지 않은 기분이었다.

'이래서 다들 팬미팅을 하는구나.'

대기실에서 분장을 지우고 옷을 갈아입는데, 문이 열리며 누군가가 들어왔다.

"축하합니다, 태웅 씨. 성공적인 팬미팅이었네요."

창백한 얼굴의 최수빈이 박수를 치고 있었다.

"고맙습니다만 이렇게까지 성대하게 할 필요는 없었던 것 같네요."

"아니죠. 스타는 격에 맞게 행동해야 합니다. 태웅 씨의 위상에 맞게 행사를 준비했을 뿐입니다."

태웅은 한숨을 쉬었다.

그가 이런 시시껄렁한 얘기를 하려고 이곳에 온 건 아닐 것이다.

"둘이서 얘기할까요?"

그의 말에 태웅이 옆에 있던 윤철과 고서윤에게 눈짓했다.

※　　　　※　　　　※

대기실 안에 둘만 남자 최수빈이 입을 열었다.

"저쪽에서 마지막 장난질을 치고 있어요. BH엔터 대표에게 다 뒤집어씌우고 수사가 위까지 가지 못하게 하겠다는 거죠."

"역시 그렇군요."

물증은 없었지만, BH엔터테인먼트 대표의 죽음은 자살로 위장한 타살이라는 것이 확실해졌다.

"설령 더 진행되더라도 최후의 수단으로 칠상파 보스인 공진수가 덮어쓰는 쪽으로 마무리될 겁니다. 결국 최종 목표인 VIP까지는 가지도 못하겠죠."

태웅은 아쉬운 마음이 들었지만, 그렇게 일이 진행되면 사실 더 손쓸 방법은 없었다.

결국 최수빈은 동생의 복수에 실패하고 마는 걸까?

순간 태웅은 그가 씨익 웃는 걸 보곤 이상한 기분이 들었다.

"하지만 그 VIP라는 사람이 간과한 게 있죠. 언제든 쉽게 갈아치울 수 있는 타이어라고 생각했겠지만, 그 타이어가 자아가 있어서 폐기되길 원하지 않는다면 어떨까요?"

"칠상파 보스가 순순히 혼자 죽진 않을 거다, 이겁니까?"

"그렇습니다. 전 이미 그가 BH엔터테인먼트 대표 구상문을 마지막으로 만났다는 강력한 증거를 가지고 있죠. 그리고 당연한 말이지만 공진수에게도 자식이 있습니다. 애지중지 키운 외동딸인데, 조만간 검사와 결혼을 앞두고 있다고 해요. 딸의 경사스러운 결혼식에서 아버지가 경찰에 연행된다면 참 슬픈 광경일 겁니다."

태웅은 등골이 서늘해졌다.

'무서운 놈.'

표정 하나 변하지 않고 이야기를 늘어놓은 최수빈이 천천히 태웅에게 고개를 숙였다.

"지금까지 고마웠습니다. 여기까지 올 수 있었던 건 다 태웅 씨 덕분이었어요. 혼자 주저앉고 싶고 포기하고 싶을 때마다 큰 힘이 되었습니다."

'낯간지럽게 왜 이래?'

태웅은 얼떨떨한 기분이었다.

"제가 뭐 한 게 있다고……."

"오늘 성대한 팬미팅을 열어드린 건, 이런저런 핑계를 대긴 했지만 제 감사의 표시입니다. 앞으로 할리우드에서도 큰 성공을 거두시길 바랍니다."

"어디 멀리 가십니까? 아니면……."

태웅은 그가 마지막 인사를 하는 것같이 느껴졌다.

"저야 언제 세상을 떠날지 모르는 몸이니까요. 슬슬 한계도 온 것 같고 해서 미리 아는 분들께 인사를 드리고 있습니다."

태웅은 빙긋 웃었다.

죽음을 예감하고 거대한 세력과 마지막 싸움을 시작하려는 남자라니…….

마치 영화 속 주인공 같지 않은가.

"최 회장님, 아니, 수빈 씨. 예전에 꿈이 배우라고 하셨죠?"

갑작스러운 질문에 최수빈은 의아했지만 고개를 끄덕이며 대답했다.

"맞습니다. 배우란 참 멋진 직업인 것 같아요. 누군가의 인생을 대신 경험해 볼 수 있다는 것. 참 드라마틱한 일이죠. 하지만 전 아무리 해도 안 되더군요. 워낙 타고난 발 연기라서… 하하하."

"제가 보기에 수빈 씨는 이미 훌륭한 배우인 것 같습니다."

태웅의 말에 그는 어리둥절해했다.

"제가 연기라도 하고 있다는 건가요?"

"그런 뜻은 아닙니다."

최수빈은 잠시 그를 바라보다가 천천히 마주 웃었다.

정확히는 아니었지만, 그가 무슨 말을 하는 것인지 알 것도 같았다.

최선을 다해 사는 것.

그게 영화의 배역이든, 현실의 자신이든.

주어진 역할에 혼신의 힘을 다한다.

마지막 신의 오케이 사인이 들릴 때까지.

둘만 남은 대기실 안에 소리 없는 웃음이 울려 퍼졌다.

그리고 두 사람은 헤어졌다.

『배우, 미친 흡입력』 6권에 계속…

초대형 24시 만화방

신간 100%, 샤워실, 흡연실, 수면실(침대석), 커플석, 세탁기 완비

■ 광명 광명사거리역점 ■

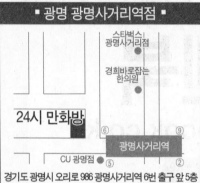

경기도 광명시 오리로 986 광명사거리역 6번 출구 앞 5층
02) 2625-9940 (솔목타워 5층)

■ 강북 노원역점 ■

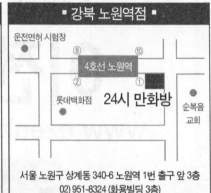

서울 노원구 상계동 340-6 노원역 1번 출구 앞 3층
02) 951-8324 (화용빌딩 3층)

■ 일산 정발산역점 ■

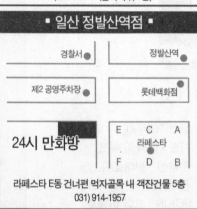

라페스타 E동 건너편 먹자골목 내 객잔건물 5층
031) 914-1957

■ 일산 화정역점 ■

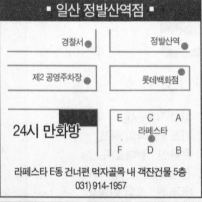

경기도 고양시 덕양구 화정동 984번지 서일빌딩 7층
031) 979-4874 (서일사우나 건물 7층)

■ 부천 역곡역점 ■

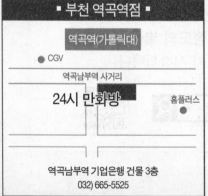

역곡남부역 기업은행 건물 3층
032) 665-5525

■ 부평역점 ■

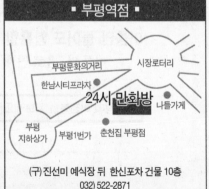

(구) 진선미 예식장 뒤 한신포차 건물 10층
032) 522-2871

승소머신 강변호사

가프 장편소설

FUSION FANTASTIC STORY

승소머신을 꿈꾸는 연전연패의 패소머신 강창규.
귀신을 먹어야지만 대성할 수 있다고?

죽음의 위기에서 찾아온 기회!
혼귀국(獯鬼國)의 전속 변호사가 된 그의 놀라운 변신!!

억울한 일 있으세요?
똑똑한 변호사 한 명 소개해 드려요?
귀신 뺨치는 변호사가 여기 있습니다.

운발 제로 찌질 변호사의 인생 반전 성공기!

FUSION FANTASTIC STORY

임영기 장편소설

상남자
스타일

Book Publishing CHUNGEORAM

유행이 아닌 자유추구 -
WWW. chungeoram.com

한의 韓醫 스페셜리스트

가프 장편소설

FUSION FANTASTIC STORY

돌팔이 소리만 듣던 한의사 윤도.

달라지고 싶은 마음에 찾아간 중국 명의순례에서
버스 추락 사고에 휘말리고 마는데…….

구사일생으로 살아 돌아온 지 30일.
전에 없던 스페셜한 능력들이 생겼다?

초짜 한의사에서 화타, 편작 뺨치는 신의로!
세상의 모든 질병과 인술 구현에 도전한다!